甦る忌《いん》部《べ》の口伝

つるぎやまの三賢者

yoshiko kagawa
香川宜子

ヒカルランド

甦る
忌部《いんべ》の
口伝

つるぎやまの三賢者

「忌部《いんべ》の口伝」とそれを伝授した忌部氏からの代弁

①民族、宗教を超えて共生する。
②万物があるから自分がある。
③慈愛利他の精神。

時に口伝を伝える者は剣をもって封印を解き、子供を通して世界に伝えてもらいたい。

時世の人々が繋がった時に多くの問題が起きます。共通の大切な事、原点に戻ることを伝えてほしい。

トップの考えが民を変えるので、利他的な人を讃えましょう。三つを実践する人を讃えましょう。万人の良い所を探し讃え伝えましょう。自分がされて嫌なことは人にしてはなりません。

※口伝を持つ忌部は、主に東遷をした阿波忌部《あわいんべ》のことです。

まえがき

五、六世紀になり忌部族《いんべぞく》と呼ばれるようになる部民《ぶみん》の先祖が紀元前から阿波《あわ》、現代の徳島にいたことを皆様はご存知でしょうか？

古代では、天太玉命《あまのふとだまのみこと》と名乗っていましたが、卑弥呼《ひみこ》の岩戸開きの時に、持っていた麻の先に鳥が止まったので「吉」と思って、それからは天日鷲《あまのひわし》と改名しました。以降、やがて忌部という職名を名乗るようになっていきました。天皇の祭祀《さいし》に携わってきた部族で、もちろん現在も受け継がれています。令和時代にも新天皇のため、大嘗祭《だいじょうさい》にお召しになられます麁服《あらたえ》という麻布《あさぬの》を織るために、大麻の種を植えるところから始めます。その麻布を着なければ一人前の天皇にはなれません。この麻布、どの麻布でもよいわけではなく、阿波の三木山《みきやま》山頂の限られたところで作られたものでなければならないのです。なので、二〇一九年は大麻草の種子植えから三木山では厳重な警備が施されていました。なぜ阿波なのかと申しますと、初代からずっと天皇の古里は阿波を中心とした四国の民であって、皆さんがよくご存じの天照大御神《あまてらすおおみかみ》（卑弥呼）は、なんと阿波女《あわおんな》であったからなのです。そうです。まだ日本と呼ばれない古代、奈良が大和《やまと》（大倭《おおやまと》）と呼ばれるもっと以前には、倭《やまと》である阿波を中心とするほぼ四国全域にわたって邪馬臺国《やまとこく》と呼ばれる国があったのです。その国では天皇が選出され天皇の祭祀を受け持つ忌部と呼ばれる部族や中《なか》臣《とみ》となっていく部族が住んでいました。中臣はやはり天皇の祭祀を司《つかさど》る部族で、岩戸隠れの際、その前で祝詞を唱えた天児屋命《あまのこやねのみこと》が祖先です。やがて、中臣家は祭祀より政治のほうに傾倒していくのですが、阿波忌部族の前身の一部は、四方八方に散り東は千葉、栃木、長野と進出していきます。しかし地方の人々と共存する形での進出で侵略ではありませんでした。紀元前より阿波の卑弥呼（日神子・死後名、天照大御神）から教えてもらった米の棚田《たなだ》での栽培方法や、大麻の栽培活用などいろいろと教えながら、卑弥呼のことを天照大御神として普及しテリトリーを拡大していきました。詳しくは『日本からあわストーリーが始まります』（ヒカルランド刊）をご一読ください。

私はある日、東京在住の忌部族のひとりにお会いしました。彼こそは忌部同士での血脈を現在まで引き継いだ人物でした。だから忌部の口伝《くでん》を知る唯一の人だったのです。その口伝は、古代から受け継いで、今まさに世界における日本の立ち位置を示すような内容でした。ざっくり申しますと、お互いにいいところをきちんと認めて褒め合いましょう。相手を尊重しましょう。慈愛の心を忘れないで接しましょう。等々、人としての生き方の普遍的な基本と言われれば基本ではありますものの、どの程度実行されていますか？　実際は十分とは言いがたい世の中です。

私たちの周りは基本を忘れて乱れ切っています。個人同士も、そうして外交的にも自国のことだけしか考えない国がいかに多いことか。そんな中、せめて日本だけは忌部のようによい精神を主軸にし、多くの国から尊敬されるような民になる努力をしなければならないと思います。天照大御神と日本中で祀《まつ》られるようになったのは、そういった忌部族あるいは、追従して各目的を果たしていった倭《やまと》の民があったからです。

さて、この本が生まれたのは『日本からあわストーリーが始まります』の大ファンの読者様から、読みやすい童話的な物語を副読本として書いてもらいたい、という強い要望があったからです。ですので、この忌部族の口伝を元にして、つるぎやまに住むという三人のひげじいの話として自然に皆さんの心に溶け込むように書いてみました。皆さんならどんな悩みがあり、ひげじいはそれをどう解決していくのでしょう。

忌部の口伝は、『日本からあわストーリーが始まります』の著者として唯一私に伝授してくださいました。忌部族N氏に深く御礼を申し上げます。また、快く人道的にもこの出版の意義を認めていただけた、ヒカルランドの石井健資社長にも厚く御礼申し上げます。

目次

イラストレーション　寺田マユミ
ブックデザイン　鈴木成一デザイン室
校正　麦秋アートセンター

昔々のことじゃった。
東の果ての島にあるつるぎやまに、三人のひげじいが住んでおった。
平地の人たちは「つるぎやまの三賢者《さんけんじゃ》」と呼んでおったそうじゃ。

第一話　どの母さんの子も、かけがえのない神の子

第一話

どの母さんの子も、かけがえのない神の子

昔々のことじゃった。

東の果ての島にある、つるぎやまに三人のひげじいが住んでおった。

平地の人たちは「つるぎやまの三賢者」と呼んでおったそうじゃ。


三人のひげじいは一つ屋根に住んでいました。

日が昇ると共に鍬《くわ》を持って山に出かける働き者の赤ひげじい。

ここは世界で最初に日が昇り始めます。

だから、赤ひげじいは世界で一番早く働き始めるってことになりますよね。

働き者の赤ひげじいは、草花のことや山で生きている動物たちのこと、なんでもよく知っています。ただしひとつだけ欠点がありました。

無口で夢をあまり語らないことでした。


赤ひげじいの用意するご飯を食べながら、いつも夢のような考え事をしている青ひげじい。なにを考えているかって？　人はどうしたら幸せな気持ちになるんじゃろか？　とか、どうして喧嘩《けんか》をするのじゃろか？　など……一日中考えるのが仕事で頭を使うからお腹《なか》も空きます。だから赤ひげじいの作るご飯が大好きです。

そんな青ひげじいにもひとつだけ欠点がありました。それは優しすぎることで時には赤ひげじいが捕まえてきた夕飯のお魚を逃がしてしまったりすることがあります。だけど、赤ひげじいはそんな青ひげじいの優しさが大好きだったので、空腹であっても笑ってばかりです。

いつも本を読んだり計算したり天体のことを計測したり、時には赤ひげじいの背負う竹編みのかごをこさえたり、仕掛け罠《わな》を工夫してこさえたりするのが得意な黄いひげじい。赤ひげじいは黄いひげじいのおかげで仕事がはかどります。

青ひげじいは、机に向かっている黄いひげじいによく夢物語を語り掛けます。黄いひげじいは、耳を傾けては、いつか青ひげじいの世界が本当になるにはどうしたらいいのだろうって、空の星を眺めることがあります。そんな黄いひげじいもひとつだけ欠点があります。それは夜空の星を計測しながら自分のやってることがいったいなんのためになるのか？　と深く悩むことです。

長いひげをもつ三人のひげじいさんのことは、平地の人たちから、いつしか「つるぎやまの三賢者」と言い伝えられるようになっていくのです。なぜかって？　それはつるぎやまの神様から頂いた口伝《くでん》と、大木《たいぼく》と同じだけ寿命を持ってるからなんですね。ひげは毎年伸び続けています。

ある日のこと、毎日星の計測をしていた黄いひげじいは向こうの空にひときわ虹色に大きく輝く星を見つけました。

「これはすごい。向こうの空に何かがあるはずじゃ！　赤ひげじいさんや、青ひげじいさんや、はよ来てみてくれや」

黄いひげじいの叫ぶ声にびっくりして赤ひげじいも青ひげじいも外に飛び出しました。

「ありゃ、虹の魂《たましい》じゃな。こりゃとんでもなく良いことがあるわい」

青ひげじいは小躍りをしました。

「う……ん。あのような星は見たことないな。ごじゃごじゃいわんで、見届けに参ろうや」

と現実的な赤ひげじいは、さっそくお米を干したものをたくさん黄いひげじいの作ってくれたしょいかごに入れて、旅の身支度を始めました。

その間、黄いひげじいはせっせと星の位置を計測して、確かな方角を割り出しました。

ひげじいたちは山を下り虹の星のある方角へ歩きだしました。平地の人たちは、三賢者が姿を見せたので思わず、しゃがんで拝みました。なぜかって？　平地の人たちは三賢者の後光《ごこう》を見たのです。でもね、それはひげじいたちのつるつる頭に光が当たっていただけだったのですけどね……。

さて、何日も何日も歩いて向こうの果てまで来た時に、星の真下で赤ちゃんを抱いている婦人に出くわしました。青ひげじいは、婦人に言いました。

「この赤ちゃんは虹の星の下に生まれたんじゃよ。きっと世界を救う良き者になるだろう。苦労は星の数ほどあるじゃろうが、それを夢見てしっかり育てなされよ」

赤ひげじいは「これは食べるものがなく困った時に食べなされや」と干したご飯を手に握らせました。

青ひげじいは「これは、慈愛という魂の種じゃよ。この子のために植えなされ」

そう言ってお母様の手のひらに小さな種を一粒だけのせました。

黄いひげじいは、「わしは…そうじゃの…わしらが来た方角を書き留めているから、なにか困った時には会いに来なされや」と婦人に渡しました。

それだけ言い残すと三人のひげじいは、さっさと東の果てへ帰って行きました。婦人は何事かと思って夜空を眺めましたが、いつもの星ばかりで、虹色の星なんてありませんでした。

赤ひげじいは青ひげじいに言いました。

「青ひげじいさんや。どうして世界を救うような偉い子になるってわかったんじゃ？　本当になるのかえ？」

青ひげじいはにっこり笑いました。

「ああ言われれば、自分が抱く子は特別な子なんじゃって母親は思うじゃろ？一所懸命育てるわな」


赤ひげじいはまた青ひげじいに尋ねました。

「慈愛の種なんてどっから持って来たんじゃ？」

青ひげじいはにっこり笑いました。

「ありゃ、赤ひげじいさんが植えてくれた庭の朝顔の種じゃよ、なんでも良いことは方便じゃ」

赤ひげじいも黄いひげじいも大笑い。

青ひげじいは言いました。

「わしゃの、いつも夢見てさぼってるわけじゃないぞ。おまえさんが抱く子はかけがえのない唯一の神の子じゃ、と母さんに諭《さと》すことが一番手っ取り早い、世の中を良いほうに変える手段じゃよ」

それから二十年経ち、向こうの空の下から人の心を支え病を治す立派な人が現れたという。そんなこととはつゆ知らず、三人のひげじいはつるぎやまで相も変わらず仲良く暮らしていたのだそうです。

「人は環境の子なり、愛深ければなすこと多し」

天才は生まれついての天才ではなく、生まれた時はどの子も同じです。子供の可能性は無限にあり、育て方一つです。どうせ私の子だからできないだろう。どうせ私の子だから……ではありません。良い子に育てることがこの世を良い方向に変えられる最良の道です。

（才能教育研究会　故 鈴木鎮一《しんいち》）

第二話　生きる場所

第二話

生きる場所

昔々のことじゃった。

東の果ての島にある、つるぎやまに三人のひげじいが住んでおった。

平地の人たちは「つるぎやまの三賢者」と呼んでおったそうじゃ。


ある日のこと。

平地に住む夫婦がひげじいを頼りにつるぎやまに登ってきました。

「どうしたんじゃ。ずいぶんお困りのようじゃが」

庭先の黄いひげじいが声をかけました。

「お頼み申します」

夫婦は手を合わせて深々と頭をさげました。

「赤ひげじいさんや、お茶をお出ししてくれや」

黄いひげじいが大きな声で家に居る赤ひげじいに言いました。

夫婦にお茶を出しながら赤ひげじいはどうしたのか聞きました。

「うちの息子がいっこうに働きもせんで家でゴロゴロ寝てばかり。飯《めし》じゃと言うてはまずいとかかあを殴り、家で暴れとるんですわ。もう何年も耐えとるんですが、耐えきれません」

「そりゃ、大変じゃのう……」

三人のひげじいはつるつる頭を抱えました。


赤ひげじいのつるつる頭がピカッと光りました。

「しばらく、ここに居なされや」と赤ひげじいは言いました。

母親は言いました。

「滅相《めっそう》もない。ここに居たらあの子の夕ご飯が作れません」

父親が言いました。

「滅相もない。帰ってやらんとひげを剃《そ》ってやれん」

「やれやれ……あんたがたの息子さんはもう立派な大人じゃぞ」

「どうしたいのか聞いても答えてくれません。私たちに八つ当たりするばかり」

「まあ、わしらに任せなされ。あんたがたは、しばらく庭の草刈りを手伝ってくだされや。青ひげじいさんや、いっちょお得意の手紙を書いてくださらんかの。それを黄いひげじいさんが、息子さんの部屋の方角に飛ぶ紙飛行機を折ってくだされ」

「ほいきた」

「ほいきた」

青ひげじいは紙に「働かざる者食うべからず。死出《しで》の旅に出ます」と書きました。

黄いひげじいは、紙飛行機にしてそれをひょいと投げました。

紙飛行機はつるぎやまを下降して息子の窓にみごと刺さりました。

息子はそれを取りました。

「死出の旅に出ます？　ふざけやがって」

思い通りにならない世の中で、唯一思い通りになる親の愛を貪《むさぼ》るように利用してきたのでした。それが突然無くなったのです。

親さえも自分を見捨てたというどうしようもない憤りに、息子は暴れて暴れてついに家を壊してしまいました。

疲れた息子は自分が何をやってるんだか、もの悲しくなってしまいました。

雨が降ってきて、ずぶぬれになりながら大泣きしました。

泣いてもわめいてもお腹が空いても両親は帰ってきませんでした。

本当に死出の旅に出たのかもしれないと思うと、息子はまた泣き始めました。

「おれのせいだ……とうちゃんやかあちゃんが死んでしまったのはおれのせいだ……」

お腹が空いた息子は帰る家もなくふらふらとさまよいました。
川辺に来ると一艘《いっそう》の小舟が浮いていました。
小舟を覗《のぞ》くと誰かが食べ残した焼き魚がありました。
それをがつがつ食べました。
小舟はゆっくりと息子を海原へと運んで行きました。
小島に着くと、それは異邦人《いほうじん》の島でした。

島の人たちは魚を手ですくっては逃げられて困っていました。
見かねた息子は細い竹を取ってきて、自分の服のほどけた糸を取り付けてその先に石ころと竹を割って尖《とが》ったものを結わえ、土の中から虫を見つけるとそれを鋭い竹の先に取りつけました。島の人たちにも釣り竿《ざお》の作り方を教えてやりました。島の人たちといっしょにそれで魚を釣りました。たくさんたくさん釣れて島の人たちは大喜びです。息子を手厚くもてなしました。息子がかつて趣味にしていたことが、ここの島で

第　二　話

生きる場所

はたくさんの幸せと喜びをもたらしました。こんなに喜んでもらえるならば、ここに来る前に真面目に働いていろんな知識や技能をもっと習得すべきだったなあ……今更ながら悔やみました。息子は人に喜んでもらえたのが嬉《うれ》しくて嬉しくてどんどん島のために仕事を見つけては働きました。こうして息子は島の村長さんになりました。

村長さんは毎朝決まって砂浜に出かけました。二つの石があるところに来ると手を合わせてそれから一日を始めます。

黄いひげじいはその様子を、自分が作った遠めがねでずっと見ていました。

「人間《じんかん》至る所に青山《せいざん》ありじゃのう」と満足げに呟《つぶや》きました。

男児立志出郷関
（男児、志を立てて郷関《きょうかん》を出《い》づれば）
学若無成死不還
（学若《も》し成る無くんば死すとも還《かえ》らず）
埋骨豈惟墳墓地
（骨を埋《うず》むる 豈惟《あにただ》墳墓の地のみならんや）
人間到処有青山
（人間到《いた》る処 青山《せいざん》有り）

「志を立てて故郷を出るならば、
学問が成就しないうちは死んでも帰らない。

第　二　話

生きる場所

骨を埋めるのは故郷の墓地だけではない。

人の世、どこにでも墓となる場所はある」

ということを述べたものです。

「青山」という言葉は「墓地」の意味です。

墓地には昔常緑樹を植えたことから来ているのですが、現代では「どこにでも自分の力を発揮する働き場所はある」という意味です。作者は幕末の釈月性《しゃくげっしょう》という真宗の僧です。人にはそれぞれ人の価値があり、生きる場所があります。

※ひきこもる理由は、もともと発達障がいであったり、いじめが原因であったり人それぞれですが、いずれの場合も一歩踏み出す勇気が必要なのかも知れません。

第三話　勇気

第三話
勇気

昔々のことじゃった。

東の果ての島にある、つるぎやまに三人のひげじいが住んでおった。

平地の人たちは「つるぎやまの三賢者」と呼んでおったそうじゃ。


いつ、どこから来たのか、みんな不思議でならなかった。


ある日のこと、まだ小さな少年がえっちらおっちらとつるぎやまに登ってきました。

その少年は日向《ひなた》ぼっこをしていたひげじいたちに、こう言いました。

「じい、いつからここに住んどるんじゃ？　どこから来たんじゃ？」

黄いひげじいはにっこりしながら、

「あまりに昔のことじゃから忘れたわい。なんたって、キリストさんが生まれる前から住んどるじゃてな……」

青ひげじいも言いました。

「わしらは……そうじゃの。ずっとあっちの果てから来たんじゃよ」

少年はもっと知りたくなりました。

「海があるのにあっちの果てからどうして来れたんじゃ？」

青ひげじいはこう言いました。

「宝船に乗って来たんじゃよ」

「ひゃーっ」少年は腰をぬかしました。

「宝はどこじゃ？」

赤ひげじいはにっこりしながらこう言いました。

「宝はな……おまえさんじゃよ。元気で優しい子に育つよう神様がこのつるぎやまで見てくれてるのやぞ」

「ふ〜ん。つるぎやまに神様がいるんか？」

「つるぎやまの神様はおまえさんの心の中にも住んどられるぞ。いつも一緒じゃ。心の迷いがあったり、苦しいことがあったら、このつるぎやまを仰ぎ見るんじゃ。きっといい答えを用意してくれよう」

「ふ〜ん。あっちの果てにはなにがあるんじゃ？」

青ひげじいは少年の頭を撫《な》でながら言いました。

「あっちの果てには見果てぬ夢があるんじゃ。東の果てになにがあるんじゃ？」

少年はきょとんとしました。

黄いひげじいは少年の顔を遠めがねで覗くようにして言いました。

「東の果てにはな……優しく育つおまえさんがいるんじゃよ。おまえさんが東の果てに平安の都をつくるんじゃぞ」


赤ひげじいは少年にお土産《みやげ》をやりました。

「これはな、剣《つるぎ》じゃ。しかしの、人は切れん剣じゃぞ。誘惑に負けそうな弱い心を、これで切るんじゃ」

青ひげじいも少年の首にお土産をかけてやりました。

「これは勾玉《まがたま》って言うんじゃ。神様は自分と一緒にいらっしゃるという印じゃな、困った時も安心して前に進みなされ」

第三話

勇気

黄いひげじいも少年の手にお土産を持たせました。

「これは、鏡じゃ。人々がニコニコ暮らしているかどうか毎朝、鏡を覗くんじゃぞ」

少年はなんとなく嬉しくなってスキップをしながら山を下りました。

ひげじいたちは少年を見送りながらこう呟きました。

「みんな、勝手なうわさはできるがの、ちゃんと真実を知ろうとする勇気があるあの子は、すばらしい子になるじゃろな……」

つるぎやまの三賢者からもらったお土産を大切にしていた少年は、やがて東の国の王様になっていくそうなんじゃが、とんと昔の話でな……。

第四話 空海の道

第四話

空海の道

昔々のことじゃった。

東の果ての島にある、つるぎやまに三人のひげじいが住んでおった。

平地の人たちは「つるぎやまの三賢者」と呼んでおったそうじゃ。


東の果ての島には、聡明《そうめい》で、優しい王様がいらしたそうです。その優しい王様は子に、その子はまたその子に、つるぎやまのひげじいに出会ったことと三つのお土産を語り継ぎました。

そのうちにたくさんの人たちがつるぎやまに登って来るようになりました。ひげじいたちはちょっと困りました。なぜかって？　そんなにたくさんの人たちにはおもてなしができませんからね。


ひげじいたちは、賢い僧侶「空海《くうかい》」に頼みました。

「どうにかしてもらいたいもんじゃ」

そこで、空海は一晩中考えました。

「ひげじいさんのいるつるぎやまのことを、みんなが忘れたらいいことじゃ」

　そこで、つるぎやまの周りに結界《けっかい》を張って歩きました。それ以来「空海の道」と呼ばれてみんながその道を喜んで歩くようになりました。


　青ひげじいは空海に言いました。

「どうも面白くないのう。ただ歩いとるんじゃなく、もっとええことないかのう？」

　空海は一晩中考えました。

「歩いているうちに、心の闇を抱える人はその闇が晴れていくように、人の優しさに触れられる場にしましょう」

　空海は平地の人々に言いました。なんびとも差別することなく、人の過去に触れることなく、宗教に関係なく、ひたすら「お接待」をしましょう。

平地の人は空海に聞きました。

「功徳《くどく》を積んだらどんなにいいことがあるんじゃ？」

空海は言いました。

「くどくど考えずに功徳を積んだらな、功徳を布施《ふせ》られたほうは嬉しくなる。布施られた人は、また他の人に功徳のお返しをしたくなるのじゃ。それが幸せを作るというものじゃぞ」

「功徳を積んだら極楽《ごくらく》にいけるんと違うんかい？」

平地の人は尋ねました。

空海は微笑《ほほえ》みながら問いかけました。

「功徳を積んだら極楽にいけると思うなら、そう思ったらええ。しかしな本当に功徳を積んだら、最後は地獄に連れて行かれようと天国に連れて行かれようと神様次第。ありがとうございました、と言えるほど満足したこの世の生活が送れるちゅうことじゃ。それが本当の幸せではないか？」

第四話

空海の道

平地の兵衛《ひょうえ》さんが空海に尋ねました。

「寝たきりの婆さんはわしらに手間ばかりかけて、功徳を積んどらんがのう」

空海は目をかっと見開き言いました。

「兵衛さんとこの婆様は、苦しい時も悲しい時も、一生懸命生きてあんたを育てたんじゃよ。それにな、いつも手間をかけてる兵衛さんや嫁さんにありがとう、と手を合わせてニコニコしとるじゃろ？　それをな、和顔施《わがんせ》というんじゃ。あんたがたは婆様がいるから功徳ができ、婆様の和顔施で心が救われてるんじゃぞ」

平地の人々はその言葉に感動して空海を拝みました。

それからというものは、この地方の人たちはいつもニコニコ笑顔でいるのでした。時々、疲れ果てた都の者もこの土地の人の笑顔に癒やされて帰るのでした。

やがて、人々はつるぎやまのひげじいのことをすっかりと忘れていきました。「空海の道」は千年もの間、回り回り幸せを求める人でいっぱいになりました。回り回って疲れ果て、煩悩《ぼんのう》を忘れたころに人の優しさが染みわたるように空海は計算ずくだったのでした。

黄いひげじいは遠めがねで見ながら呟きました。

「やれやれ、幸せの青い鳥はみんな平等に心の中にいるんじゃがのう」

・接待…………相手の心に寄り添いもてなすこと。
・功徳を積む…善意を重ねること。
・和顔施………人に笑顔で接することにより人を笑顔にすること。
・煩悩…………自分の心を乱す限りない欲望またはその欲望のために

善意を忘れること。

第五話　宗教戦争なんて

第五話
宗教戦争なんて

昔々のことじゃった。

東の果ての島にある、つるぎやまに三人のひげじいが住んでおった。

平地の人たちは「つるぎやまの三賢者」と呼んでおったそうじゃ。


ひげじいたちの古里、向こうの果てでは、宗教の争いが絶え間なく起こっていました。

人々の心はとんがり悲しい毎日を送っていました。

遠めがねで知った黄いひげじいは呟きました。

「困ったのう。わしらはユダヤ教でもなくキリスト教でもなく、イスラム教でもないがの。みんな同じなんじゃ。神様は心の中にいらっしゃるしな……なんでそういうことがわからんのじゃろうな」


熱心なユダヤ教徒のダビデさんとイスラム教徒のモハメッドさんとキリスト教徒のデイビッドさんが喧嘩をしながら、つるぎやまのひげじいに会いに来ました。

ダビデさんは言いました。

「僕は、キリストを救世主だなんて認めんぞ」

赤ひげじいは困った顔をして言いました。

「そこかい、ダビデさんの気に入らないところは……。あれはな、わしらがちゃんと虹の星の下まで会いに行ったんじゃぞ。世界を救う者に育てなされやと母さんに言って帰ったんじゃ。世界を救う意志のあるもんは救世主ちゅうてもええんとちゃうか？」

青ひげじいも言いました。

「人は本を読まんようになった。ゲームと漫画ばっかりで心の旅をしとらん。こんな世にはまた悪魔が微笑んどるわ。そろそろ、もう一度ダビデさんの言う救世主が現れてくれんとな、もうたまらんほど嫌な世の中じゃ」

イスラム教徒のモハメッドさんが言いました。

「アッラーのほかに神はなし。ムハンマドは神の使徒《しと》なり」

青ひげじいは言いました。

「イスラムの教え。富めるものは貧しい人に分け与えましょう。ラマダンは食べられない人の気持ちを身をもって体験しよう。そこで慈悲の心を磨きましょう、っていう素晴らしい教えなんじゃよ。女性は弱いから、男性の煩悩から身を護《まも》るようにきれいな髪を隠していることだし、男性が守ってやる存在だってことなんじゃ」

モハメッドさんは言いました。

「ひげじいさん、その通りです。それらはコーランの教えそのものです」

黄いひげじいは言いました。

「しかしの、聖戦《せいせん》という言葉があるじゃろ？　それをイスラムの人たちはちと解釈間違いをしてるんじゃやな、アッラーを認めるか、認めないなら死を、踏絵みたいなこと、アッラーは思ってないぞえ」

モハメッドさんは不思議そうに首をかしげました。

黄いひげじいは言葉を続けました。

「コーランの教えはの、時に自分にとって苦しい煩悩との戦いなんじゃよ。聖なる戦い、すなわち自分を律する戦いなんじゃよ。神様を信じていない人がいたってそれは神様が業《ごう》を与えることであって、我々のような小さき人間がさばくことじゃないと思うんじゃがな……」

モハメッドさんは「確かに……」と頷《うなず》きました。

「女性のことはの……もう女性の自由な時代じゃよ。このひげじいにも女性の心はようわからんがの。男性は素敵な女性の姿と聖戦じゃな、ジロジロ見ても叱られるし、見ないと悪口を言われるしな……こりゃまた大変じゃわい」

黄いひげじいの言葉に、モハメッドさんは笑いました。

赤ひげじいは言いました。

「結局のところ、なにをあんたがたは宗教でいがみあってるのか、ようわからんのじゃ。アッラーはゴッドとも言うし、エホバじゃしヤハウエ（アドナイ）じゃし、弥勒《みろく》とも言うぞ。みんな神様のことじゃから、あんたがたは何が言いたいのかのう……困ったもんじゃて」

青ひげじいは呟きました。

「神様は、あんたがたの心の中にも住んどるんじゃよ、神様は仲良くしてもらいたいがために、あんたがたをつるぎやまに呼んだんじゃ。さあ、三人がここで手を繋《つな》いでお互いを尊重してくだされや」

赤ひげじいは三人の手をひとつに握らせてやりました。

「ここからあんたがたの力で、いい世の中を作るために再出発じゃな」

三人はお互いの顔を見合わせにっこり微笑みました。

手を繋いでつるぎやまを下って行く三人を見送りながら、ふと青ひげじいは呟きました。

「しかしのう。メッカの方角にお祈りされるとつるぎやまにはお尻を向けてるってことじゃのう。まあ……ええか。つるぎやまの神様はそんなことで怒ったりせんからの」

第六話　結婚は受験と同じ

第六話

結婚は受験と同じ

昔々のことじゃった。

東の果ての島にある、つるぎやまに三人のひげじいが住んでおった。

平地の人たちは「つるぎやまの三賢者」と呼んでおったそうじゃ。


ある日のこと、かわいらしい女性が泣きながら、ひげじいたちの家を訪ねてきました。

赤ひげじいは彼女のためにお汁粉《しるこ》を作ってやりました。

「泣きはらしていったい、どうしたっていうことなんじゃ？」

長い髪の千代《ちよ》さんは泣きじゃくりながら言いました。

「私には結婚してくれる男性がこの世に一人もいません、もうすぐ三十《みそ》路《じ》になってしまいます」

「あんたさんは、世界中の男性に尋ねてみたのかえ？　ほれ、三十五億の男性がいるっちゅうて言っとるがの？」

「おじいさん、茶化さないでください」

そこへ、お汁粉の匂いにつられて青ひげじいがやってきました。

「おや、なんだか、大変そうじゃの、赤ひげじいさんや、わしにもお汁粉いただけんかな」

青ひげじいは熱いお汁粉をすすりながら言いました。

「お嬢ちゃんや。どうして結婚相手がいないと思ってるのじゃ？」

「私はご覧の通り、太くて背は小さくて、鼻は丸いし、目は細いし嫌なところだらけです。だからもてないのだろうと思います」

「背が小さいのはマイナスにならんの。小さい人が好きな男性もたくさんいることやしな。太いのはぽちゃぽちゃしてじいはいいと思うが、それが原因と思うなら健康的に痩せればいいことじゃ。そうしたらまあるい鼻はかえって魅力的になるぞい。目は、そうさな、痩せたら瞼《まぶた》の腫れもなくなるじゃろ。それよりな、外見で言うと先日はものすごい美人さんも相手がいないと泣いておったぞ。だからな、外見だけじゃないんじゃよ」

その言葉に気を良くしたのか、泣くのをやめてお汁粉を飲もうとしました。

赤ひげじいは、

「冷めてしもうたから、もう一度温め直してやるぞ」

と言いながら、いろりの鍋に戻しました。

赤ひげじいは黄いひげじいを呼びました。

「黄いひげじいさんや、この子の相手を山の上から覗いてくだされ」

「ほいきた」

お汁粉を飲んだ千代さんを連れて黄いひげじいは、つるぎやまから下界を双眼鏡で見渡しました。

「フムフム、あそこにおるおる。ひとりだけおるわ」

千代さんは黄いひげじいの双眼鏡を貸してもらいました。

「私の結婚相手は、どこですか？」

「わしには見えとったから、必ずいる。もし千代さんに見えないのなら、まだ結婚に至らないということじゃよ。自分の準備ができたところで出会うじゃろ」

「準備ってなにですか？　私はずっと前からこの本を読んで準備はしています」

「千代さんは、その本を読んで結婚に憧れているだけじゃよ。出会いを待ってるだけじゃ。結婚相手を探すのは受験と同じじゃよ。この世でたった一人の人に巡り合うのは並大抵のことではない。靴だって靴屋さん巡りをして買うんじゃろ？　できる努力はして一所懸命足を運んで探さんとな。それが心の準備じゃよ。それができた時にその人が見つかるじゃろうて、なんでも必死にならんとな……はすかいに構えて、わたしは男性なんて必要ない、みたいなちょっとした虚栄心が大切な人を引き寄せない理由なんじゃよ。そんなことはつるぎやまの神さんがちゃんとお見通しじゃよ」

　千代さんは、

「ひげじいさんのおっしゃる通り、考えてみれば、私は虚栄心ばかりでした。自分がもてないことを虚栄心で関係ない振りをしていました。むしろ虚栄心がもてなくしていたのですね。自分はともかく理想の相手の年収から容姿からいっぱい注文をしていましたが、それも結局はお友達に対する見栄でしかなかったのです。そうして、平均体重になる努力もせず、相手を見つける最大の努力もせず……よくわかりました。がんばってみます」

と言うと山を下りて行きました。

黄いひげじいは千代さんの背に、

「心配はいらん、必ずいるからの」

と声を掛けてやりました。千代さんは振り返りとてもいい笑顔で手を振りました。

第六話

結婚は受験と同じ

結婚適齢期は、縁があったときがその人の適齢期でありますものの、赤ちゃんが欲しいとなれば、日本産科婦人科学会の定義上三五歳までに結婚妊娠をした方が良いことになっています。

結婚生活とは、お互いに尊重尊敬し合い許し合うために作られた修行の場です。その修行を積むために未熟な人同士が共同生活を送るのです。そうしてその中から本当の慈愛を学んでいくのです。その心の準備として謙虚さと努力を試されているのが婚活時代だと思ってください。いろいろな理由で結婚あと一歩のところでダメになってしまうこともあります。しかし、それは泣かなくてもいい、苦しまなくてもいいのです。そこからあなたの前向きな答えを引き出せばいいのです。単純に結婚という言葉に憧れていただけだったのかもしれません。そうしてなにより、壊れてよかった相手だったのです。

医学的適齢期をどんどん過ぎ、気が付いたら、ひとりぼっちの自分を振り返り、子連れ夫婦の姿を見るにつけ、「なぜ、わたしはこうして仕事をしているのだろう」とか「なぜ私には誰ひとりとして結婚してくれる人がいないのだろう……」とか思う焦りの四十歳代になり、急に生きる虚《むな》しさに押しつぶされて仕事どころじゃなくなるほどの悲しみに追いやられることがあります。そんなことにならないように、ちゃんと医学的適齢期にはそれが受験の登竜門だという覚悟で臨んでください。

第七話　みんなを幸せに

第七話

みんなを幸せに

昔々のことじゃった。
東の果ての島にある、つるぎやまに三人のひげじいが住んでおった。
平地の人たちは「つるぎやまの三賢者」と呼んでおったそうじゃ。

いつの日か忘れてしまいましたが、「ひげじいは何者じゃ」とつるぎやまに登ってきた少年がいました。その少年の態度にひどく感心したひげじいたちは「誘惑に負ける弱い心を断ち切る剣」と「神様と一緒の印の勾玉」と「みんなの様子がわかる鏡」をお土産に持って帰らせました。とまあ……そこまではもうお話し済みだったと思いますが、それからの続きです。

その少年はやがて、ひげじいの約束を守って平安の都を創りました。気が遠くなるほど長い間平安の都は続き、やがて世界の人々にも愛される都になりました。都と共に長い間その時の少年の子孫たちが君臨していきました。あの時の少年は、実はひげじいたちの遠縁のひ孫でもあったのですが、ひげじいたちもそこまでは知りませんでした。

ささて、ひげじいたちは相も変わらず、つるぎやまで農耕をして暮らしていました。変わったことと言えば……ひげが伸びすぎて三人ともかわいらしくひげで三つ編みをしていることです。

平地では飛行機が群れを成して飛び交い、その後には人々の悲鳴と煙が空高く上がってくるのでした。

赤ひげじいは、黄いひげじいに何事かと聞きました。

黄いひげじいは遠めがねで平地の様子を眺めてみました。

「こ、こりゃいかん。とんでもないことがおこっとる、どうしたらいいのかのう！」

「あの子の子孫はなにをやっとんのじゃ！」と呟いた途端に、

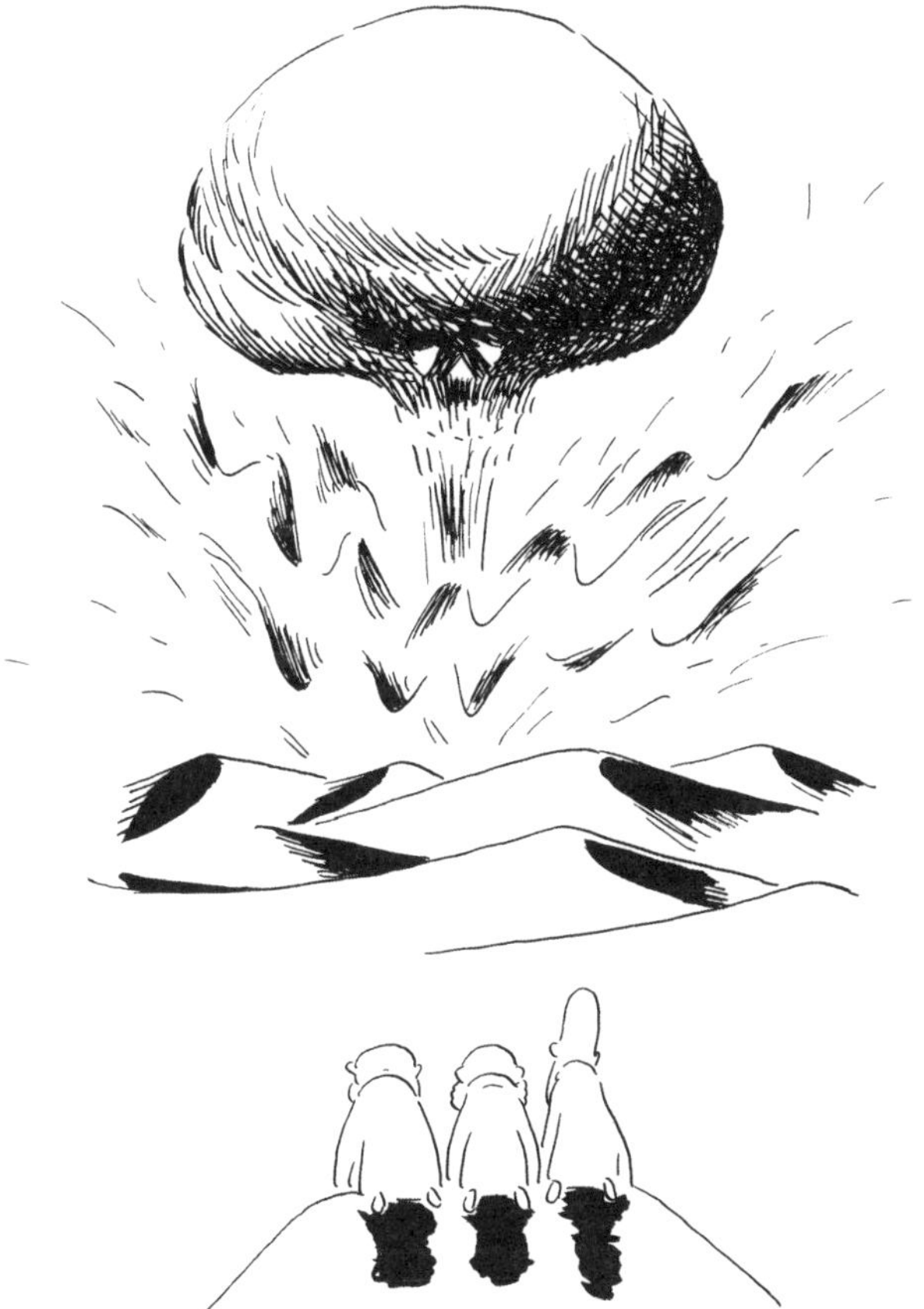

ドドドーンという地鳴りとともに三人のひげじいは転んでしまいました。

「イタタタタ、つるぎやまの神様が怒っとるわい」

青ひげじいは言いました。

ひげじいたちはそれ以来、腰がくの字に曲がってしまいました。

それはそれはかつて見たことがない大きな大きなきのこ雲が、平地から立ち昇ってきました。慌てて黄いひげじいは遠めがねで覗いてみたら、ななななんと！

一瞬にして建物も人々も跡形もなく消えてしまっていました。千年かけて築き上げた平安の地も人々の営みも一瞬で無くなったのです。

ひげじいたちは代わる代わるその様子を見て、とんでもなく恐ろしいことが起こったことを悟りました。

すべては灰になってしまいました。

豊かに実った木の実も、人々の笑い声も、親も子も兄弟もみんなみんなです。

つるぎやまを後にして、ひげじいたちは急いで少年の子孫に会いに行きました。ところが、子孫の顔を見た途端、人々の平和と慈愛と他人への尊重を忘れていない姿が脈々と引き継がれていることがわかりました。子孫は争いをした相手の大将の前で言いました。
「全責任は私にある。国民は悪くない。私はどうなってもいい。そのかわり私の大切な国民を守ってやってほしい」

それを聞いた大将は腰を抜かすほどびっくりしました。
なぜかって？　彼にイエス・キリストの姿が見えたのです。イエス・キリストはかつて全世界の人間の原罪をひとりで背負い、人々を原罪から自由にするために、神様と契約して処刑を受けました。

その御姿と同じだったのでした。大将の知っている国主たちは、国民をほっといて亡命して逃げてしまうので、今度も「私だけは逃がしておくれ」と嘆願《たんがん》するばかりと思っていました。

敵の大将は言いました。「あなたとあなたの国民をお守りいたしましょう。そのかわり、あなたは、未来永劫《みらいえいごう》、私たちの永遠の夢と希望になれるよう戦争をしない心豊かな国になってください」

ひげじいたちはこの様子を見て、誇らしげにつるぎやまへ帰って行きました。


ひげじいは知っていました。

争いにならないよう何度も何度も頭をさげて平和を続ける交渉をしていた少年の子孫を。最後まで決して争いをしようとしたわけではない人たちも、時代の波に逆らうことができませんでした。

こればかりはひげじいたちは、どうしてやることもできませんでし
た。しかし、つるぎやまの神様は子孫に舞い降りていました。慈愛と他
人への尊重を忘れない神の子の国があると、この争いで世界中の人が知
るところとなりましたとさ。

・原罪……生まれながらにして人間は罪を背負っているという思想

太平洋戦争開戦の直前、軍人が天皇の執務室に入ってきました。

「開戦許可の判を押していただけましたか？」

「私は反対だ」

「天皇と雖《いえど》も、内閣で決まったことは判を押すべしと皇室典範にあります」

「たとい皇室典範に違反しても私は判を押さない」

軍人は天皇を抑え込み無理矢理判を押させました。


敗戦して、昭和二〇年九月二七日のことです。

昭和天皇が一人の通訳を連れてマッカーサーのもとを訪問されました。

「ついに天皇を捕まえるときが来た」

事前に連絡を受けていたマッカーサーは兵力の待機を命じました。

天皇を絞首刑にするか、日本共産党をおだて上げて人民裁判のもとに血祭にあげるか、中国に亡命させて暗殺するかと、いずれにしても陛下を亡き者にすることが決められていました。マッカーサーは陛下が命乞いに来るのだと思っていたので、傲慢《ごうまん》不遜にもマドロスパイプをくわえ、ソファーにふんぞり返って足を組み、立とうとしませんでした。

第七話
みんなを幸せに

陛下は、凛《りん》と立ちマッカーサーに無礼のないようにきちんとご挨拶をされ、このように仰せられました。

「日本国天皇はこの私であります。戦争に関する一切の責任はこの私にあります。私の命においてすべてが行われました限り、日本にはただ一人の戦犯もおりません。絞首刑はもちろんのこと、いかなる極刑に処されても、いつでも応ずるだけの覚悟があります。しかしながら、罪なき八千万の国民は住むに家なく、着るに衣なく、食べるに食なき姿において、まさに深憂に耐えんものがあります。温かき閣下のご配慮を持ちまして国民たちの衣食住の点のみご高配を賜りますように」。それを聞いたマッカーサーはびっくりしました。平気で国民を見捨て命乞いをし、その国から逃げてしまうのが常識です。マッカーサーはくわえていたマドロスパイプを机に置きました。そうして椅子から立ちあがると、陛下に近づき今度は陛下を抱くようにして座らせました。部下に「陛下は興奮しておいでなのだから、コーヒーでもさしあげるように」と命じました。マッカーサーは、今度はソファーに掛けていただいた陛下の前に立ち、まるで天皇の一臣下のようにそこで直立不動の姿勢をとりました。
「天皇とはこのようなものでありましたか！天皇とはこのようなものでありましたか！」彼は二度この言葉を繰り返しました。そして、
「私も、日本人に生まれたかったです。陛下、ご不自由でございましょう。私にできまするこ とがあれば、何なりとお申しつけ下さい」と言いました。

陛下も立ち、涙をポロポロと流しながら
「命をかけて、閣下のお袖にすがっております。この私になんの望みがありましょうや。重ねて国民の衣食住にご高配を賜りますように」
と仰せになられました。

マッカーサーは陛下をお見送りしたすぐに、あわてて階段を駆け上がるとGHQの方針を一八〇度変更する新たな命令を下しました。

第七話

みんなを幸せに

※参考文献　『昭和天皇実録』（東京書籍）
『マッカーサー大戦回顧録』（中央公論新社）

第八話 いいことを黙ってしよう（陰徳を積む）

第八話

いいことを黙ってしよう（陰徳を積む）

昔々のことじゃった。
東の果ての島にある、つるぎやまに三人のひげじいが住んでおった。
平地の人たちは「つるぎやまの三賢者」と呼んでおったそうじゃ。

いつの日か忘れてしもうたが、「ひげじいは何者じゃ」とつるぎやまに登ってきた少年がいました。その少年の態度にひどく感心したひげじいは「誘惑に負ける弱い心を断ち切る剣」と「神様と一緒の印の勾玉」と「みんなの様子がわかる鏡」をお土産に持って帰らせました。あのときの少年は、実はひげじいたちの遠縁のひ孫でもあったのですが、ひげじいたちもそこまでは知りませんでした。
とまあ……ここまではもうお話し済みだったと思いますが、それからのことです。

赤ひげじいは、子供たちをつるぎやまに集めてお話をしました。
「トルコ（当時はオスマン帝国）と言ってな、地中海に面したそれはそれは素晴らしい国があったんじゃ。西洋と東洋が交わる要所じゃから、独自の文化を持って、男性は強く勇ましく女性はまるで天女のよう。そこから親善でひげじいの子孫に会いに来てくれた時の話じゃ。

ところがお船の乗務員たちの度重なる病気があったり、食料も少なくなっているとはいえ、せめて台風に巻き込まれないようにやりすごしてから帰るように言ったんじゃが、ほれ、オスマン帝国のほうでもいつまでも東の果ての島に留《とど》まってると弱い国だと思われてもいかんということで、さっさと帰って来るように言い渡されたのじゃな。

案の定、お船は途中で転覆して大勢の乗務員たちが海にほうりだされてしまったんじゃよ。生存者を近くの漁民は総出で救い出して自分たちの冬の備蓄の食料も非常用にいた鶏さんもみんな彼らのために料理をしてやったんじゃ。

もちろん漁民や村人たちはもう食べるものがないんじゃよ。やっぱし、わしらの育てた平地の人々じゃの。嬉しいわい。無事に帰ったオスマンの人々は、その日の出来事をいつまでも忘れないでいてくれて、わしらの国が地震で大変な時に真っ先に支援物資を出してくれたんじゃ。感謝、感謝じゃの。

もうひとつ思い浮かんだわい。

そうじゃな……あれは一九四二年、駆逐艦《くちくかん》『雷《いかづち》』の艦長、工藤俊作《くどうしゅんさく》は沈めた敵国イギリス軍艦の漂流乗組員四二二名を全員助けたんじゃ。一日経ってもイギリスの味方の軍艦さえ助けにこなんだ。そこに『雷』が近づいてきたわけだから彼らは生きた心地がしなかった。工藤は戦時中なれど、溺れて助けを求めている人をほうっておくのは武士ではないと言って二〇〇人程度の乗組員ほぼ全員で救助に当たらせたんじゃ。甲板で重油を拭い温め食事を提供したんじゃよ。その後、祖国に無事帰国させたということは、工藤以下誰も口にせなんだ。助けられた当時のイ

第八話
いいことを黙ってしよう（陰徳を積む）

ギリス兵は、戦後六十年ほど経ち、どうしても死ぬ前に工藤艦長、ならびに『雷』の乗組員にお礼を言いたい、と遠路はるばる日本へ来たので初めてわかったことなんじゃよ。まあ……その逆に悪い事例ももちろん、たくさんあるわな。トップの資質の違いちゅうもんかの。

ここが面白いとこなんじゃが、東の果ての連中はそんな昔にいいことをしたなんて、とんと忘れておるんじゃな。してやったぞとも言わないし、したことを忘れもする。どうしてじゃ？」

子供たちは首をかしげます。

青ひげじいは長いひげを撫でながら言いました。

「そりゃな、困った時の助け合いを普段から普通にやってることだからじゃよ。だから、忘れてしまうんじゃ。してやったぞって相手に言わないのはな、言わなくても相手もわかってることだしな、それを「陰徳《いんとく》」というんじゃよ。おまえさんたちの中で『やってやったぞ』ってお友達に言う奴おらんかのう？」

子供たちは笑いながらお互いを指さしました。

「そういうのは、せっかくいいことをしてもかえってうとまれる。『陰徳』にならんのじゃよ」青ひげじいも笑いました。


普段は無口な赤ひげじいなのに、このことだけはあちこちで話をします。

「なんて、素晴らしい慈愛と友愛の話じゃ。どこの国同士もええことがあるはずじゃ。悪口や恨み言ばっかり言わんと、ええことを伝えんとな。世界中で友愛が広がれば神様が望んだ、光あふれ小鳥は歌う地球でいられるはずじゃて。わしゃ、これらの話が大好きでな、あちこちでしゃべってやるんじゃよ」

※エルトゥールル号遭難事件。1890年（明治23年）9月16日夜半に オスマン帝国（その一部は現在のトルコ）の軍艦エルトゥールル号 が、現在の和歌山県東牟婁郡串本町沖にある紀伊大島の樫野埼東方海上で 遭難し、500名以上の犠牲者を出した事件。（ウィキペディアより）

・うとまれる……親しみを持たれずに面倒な人だと思われ避けられること。

第九話　幸せのあり方

第九話

幸せのあり方

昔々のことじゃった。

東の果ての島にある、つるぎやまに三人のひげじいが住んでおった。

平地の人たちは「つるぎやまの三賢者」と呼んでおったそうじゃ。


ある村に庄屋の作蔵《さくぞう》さんという男がいました。毎日「ああすりゃよかったかなあ……こうすりゃよかったかなあ……」と考え込んでいます。あれこれと考え過ぎて毎日うつうつとしていたら胃腸まで調子が悪くなってしまいました。

作蔵さんの隣に酒屋の兵衛門《ひょうえもん》さんがいます。新酒の研究をしては、毎日「失敗した。失敗した」とわめき散らしていました。なので、村はなんとなく陰気臭く村人の活気もなくなっていきました。

二人はつるぎやまのひげじいに会いに行きました。

作蔵は青ひげじいさんにどうすりゃいいのか聞いてみました。

青ひげじいは「簡単じゃよ。寝る前にな、毎日唱えるのじゃ。

『ええいっ、これはこれでよかった。これはこれでよかった』」

作蔵は首を傾《かし》げ「なんじゃそれ？」と尋ねた。

「これはの、空海の三密《さんみつ》ちゅうてな。心に思うことは身体に現れ、それらは言葉で防ぐことができるのじゃよ」

作蔵は「そんなのんきなことじゃないんだがな……」と呟くと、

「まあ、だまされたと思ってやってみなはれ」

と青ひげじいに諭されました。

一方兵衛門は、黄いひげじいさんにどうすりゃいいのか聞きました。

黄いひげじいは言いました。「あんたの辞書には失敗の二文字はないぞ。成功しかないんじゃよ」

兵衛門は大声で言いました。

「そんなこと言ったって。現にわしは失敗ばかりじゃ。成功なんかしたことがないぞ」

黄いひげじいは笑いました。

「そりゃな兵衛門さんよ。成功前に諦めてしまうからじゃよ。そういうのは試行錯誤と言うんじゃ。諦めなければ絶対に成功するぞ」

なんとなく、嬉しくなった作蔵と兵衛門は足どり軽くやまを下りました。

それからというもの、作蔵は毎夜教えてもらったようにしました。何と不思議なことに、よく眠れるようになり、胃腸の具合もよくなったではありませんか。しかも前向きに考えられるようになり性格が明るくなりました。

兵衛門もわめくことなく、一生懸命に新酒造りに励みました。そうしてついに成功しました。

おかげで、陰気臭かった村は明るくなり村は活気にあふれるようになりましたとさ。

第十話　核兵器のない世界へ

第十話

核兵器のない世界へ

昔々のことじゃった。

東の果ての島にある、つるぎやまに三人のひげじいが住んでおった。

平地の人たちは「つるぎやまの三賢者」と呼んでおったそうじゃ

時代は進み、ひげじいのひげは三つ編みにしてさらに背中に回さなくてはならないほど伸びました。平地では、また人々が喧嘩をしています。

「やれやれ、懲りない面々じゃの」

黄いひげじいは遠めがねでその様子を見ていました。

「こりゃいかん！」

黄いひげじいの叫びに赤ひげじいも青ひげじいもびっくりしてやってきました。

「大変だぞよ。前に落ちた原子爆弾よりもっともっとすごい威力の水爆を作りよったわ。それでの、地球を滅ぼしてしまうつもりじゃよ」

赤ひげじいは冷静に言いました。

「しかしの、黄いひげじいさんや。世界中で原爆もたくさん持ってるし、原子力発電もあるわな。そりゃどうなんじゃ？」

黄いひげじいは遠めがねから顔を外しました。

「そりゃそうだのう……」

青ひげじいは言いました。

「わしを怒らせたら怖いぞー、って喧嘩せんでもええこっちゃよ」

黄いひげじいは言いました。

「そりゃ、世界中がわかっとることじゃよ。でもな、みんな自分の国をより豊かな国にしたくてな。お友達のはずの国に無理難題を言ってみたりするんじゃな、もっと車を買うてくれ、もっとお肉を買うてくれなどとな」

赤ひげじいも言いました。

「こんなんもあるぞ。貧しい国だからもっと金をよこせ。もともとわしの土地じゃし返せ、出て行けみたいなんもあるぞよ」

青ひげじいは三つ編みを撫でながら言いました。

第十話
核兵器のない世界へ

「そうしたらな、人類が滅びるような喧嘩せんでもええように、武器はみんなとりあげたらどうじゃ」

黄いひげじいは言いました。

「青ひげじいさんや、それは前から言いよるこっちゃ。ほなけどな、武器を手放すのは嫌じゃ言う奴がおるからの。そしたらわしも……ちゅうことになるわな」

青ひげじいはしばらく考えました。

何日も何日も考えました。しかしよい方法が見つかりません。

それはなぜかというと、初めから無理だろうと心の片隅で思っているからだったのです。

それに気が付いた赤ひげじいは言いました。

「いつも夢を見るのが得意の青ひげじいさんらしくないのう」

青ひげじいさんの頭が光りました。

「おおそうじゃ。その通りじゃ。わしは現実に目覚めておったわい」

青ひげじいは言いました。

「世界中で鉄砲も爆弾もみんな無くなればいいんじゃ、そういう夢を世界中で見たらええんじゃな」

黄いひげじいさんは言いました。

「どうやって見せるんじゃ？」

青ひげじいは笑いました。

「ふっふっふ。簡単じゃよ」

赤ひげじいも青ひげじいも額を突き合わせ内緒話が始まりました。

ふむふむ、なるほどなるほど。やってみよう！
ひげじいたちが考えた方法は「北風と太陽」作戦と言います。

ここで、青ひげじいが解説します。

北風と太陽のどちらが旅人のコートを脱がせられるかというゲームをした話じゃよ。北風は当然自分が勝つぞとばかり、冷たい風でコートを吹き飛ばそうとしました。ところが吹いても吹いても旅人はコートを強くまとうばかりじゃ。

今度は太陽があったかい日差しを送ってやると、旅人はコートを脱ぎました。

それじゃよ！

赤ひげじいは解説を具体的に言い換えました。

「威嚇すると、お互いに武装がどんどんひどくなるだけじゃ。それよりもな、お互いが平和の汁を満喫したらええんじゃよ。いったんこの汁を吸えばな、もう戦争は嫌じゃと思うわな。太陽の光みたいになな優しく楽しい平和の汁じゃよ」

黄いひげじいはもっと具体的に答えました。

「言葉が違ってもな。すんなり心に溶け込むあれじゃよ」

青ひげじいは言いました。

「昔、マリ共和国が共和国になる前に違う民族同士が争っていたんじゃ。とても共和国になんかなれるはずもない。そこで提案したんじゃよ。お互いの民族音楽を奏でてみようってな。そうしたら、いつの間にやら仲良くなって共和国になれたんじゃよ。こんなこともあったな。ビロード革命ちゅうてな、まあそれはみんなが後で調べたらええわ。その時に戦車を撤退させたのは数人のギター弾きだった。みんな並んでギターを戦車の前で弾いたんじゃよ」

青ひげじいは夢を見始めた。

「そうじゃ。体操のオリンピックは疑似戦争みたいなもんじゃ。それだったら、世界中が参加する音楽系の文化交流があればいいのう！お互いに気の合う国も合わない国も同じ曲を奏でるうちに仲良くなるわな。それにお互いの民族音楽や踊りじゃよ。素晴らしい祭典じゃよ。そこへ飢えや戦争しか知らない子供たちをたくさん招いてやるんじゃ……そこで得た収益でな……」

もう青ひげじいの話は止まりません。それはそれは愉快な愉快な企画でした。

「そうしたら、核兵器はどこに捨てたらええんじゃ？」

と赤ひげじいはふと思いました。

黄いひげじいは言いました。

「核はの、地球の中心の核に戻してやったらええんじゃよ」

赤ひげじいは言いました。

「どうやって？」

黄いひげじいは笑いながら言いました。

「そこはな。賢い平地の人間が考えたらええこっちゃ」

※新型コロナウィルス感染症が世界を覆い尽くし、ひげじいさんたちが考えた祭典もできなくなりました。いつか叶うときが来るまで構想を練る時期としてちょうどよいのかもしれませんね。さあ皆さんで考えてみましょう。

第十一話　人のために

第十一話

人のために

昔々のことじゃった。

東の果ての島にある、つるぎやまに三人のひげじいが住んでおった。

平地の人たちは「つるぎやまの三賢者」と呼んでおったそうじゃ。

ある日、ならず者の組長、源太《げんた》がやまに登ってきました。

丁度、昼時でしたので、赤ひげじいはいつもの芋煮を出してやりました。

源太は氏素性《うじすじょう》を聞かれることなく、このなんでもない接待をとても嬉しく思いました。

源太は「いただきます」と丁寧にあいさつをしました。

「ひげじいさんよ。わしはな、親にいじめられて行き場がない子や、勉強が嫌いで素行が不良になった連中を親代わりに育ててきたんや。この世にな、そんなやつといっしょに仕返しをしてやるために組を作ったんじゃ。しかしなあ……この稼業《かぎょう》も不況でなあ……どうしたらええんだろうか」

赤ひげじいは言いました。

「源太さん、可哀想な子の面倒をみてやってええことをしたんじゃの」

強面《こわおもて》の源太のはにかんだ顔は、ひげじいには、なんとも滑稽《こっけい》でかわいらしく思えました。

「商売が不況なのは、その商売が今に合わなくなったっちゅうこっちゃ。それにな、彼らに仕返しの仕方なんぞ教えても幸せにはならんし、組長、あんたもな」

「本当は親代わりに子供たちを引き取って、幸せにしてやりたいんじゃろ？」

源太は頷きました。

青ひげじいが横から言いました。

「あんたの組は夢がない。いい夢を見たら幸せになるしの。お金も入って来るぞ」

源太は尋ねました。

第十一話
人のために

「夢？　夢で飯が食えるんかい？　具体的になにをしたらええんじゃい」

「そうじゃの。まずは組のみんなで、朝、道路の清掃と公園の便所掃除をするんじゃよ。それだけじゃ」

源太は不思議な顔をして言いました。

「それと夢とはどう結びつくんじゃ、じい」

青ひげじいは笑って言いました。

「ええから、ええから」


やまを下りた源太は翌朝から組員に号令をかけて町中の道路の清掃と公園の便所掃除にかかりました。組員は納得しませんが、組長の命令は絶対です。

通勤の人は怖くてよそよそしく避けながら通って行きました。

タバコを道路に捨てていた人も怖くて道路に捨てなくなりました。

別の組の事務所前も嫌々ながら清掃しました。

そこから組員が出て来て、清掃している組員の頭に笑いながらゴミ箱をひっくり返しました。

清掃中の組員は源太にどんなことがあっても暴力をふるうな、ただひたすら黙々と掃除をしろと、言い渡されています。

怒り心頭に発しながらも、ぐっとこらえてそのゴミを清掃して帰りました。

その様子を見ていた別事務所の組員はだんだん腹立たしく思ってきました。

何日かして、源太に組員は言いました。

「もう限界だ。今日からやめたい。もうやめさせてくれ、なんのためにこんなことを俺たちさせられてるんだ！」

組長の源太は喝しました。

「うるせー。黙って続けとったらええんじゃい。誰のおかげで飯食えとるんかわかっとんだろうな！さっさと行け」

第十一話

人のために

組員は驚いて慌てて清掃に出て行きました。

組長は有り金を取り崩しながら組員に飯を食べさせていました。日当も払ってやりました。


しかし、そんな金も少なくなってきました。

ひげじいの言う通りやっても金が入ってこないし夢も生まれません。不安になって、もう一度源太はやまに登りました。


青ひげじいは「それでいいんじゃよ」と笑うばかりです。

やまを下りた源太は仕方なく毎日変わらず清掃を続けさせました。


ところが、避けていた町の人は次第に組員に「ありがとう」と言うようになりました。それからしばらくして町の人の中に手伝ってくれる人ができました。

町の人が、「おつかれさま」とおにぎりを持って来てくれるようになりました。別の組の組員はもういやがらせをしなくなりました。それどころか、いっしょに清掃をするようになったので、もう闘争はありません。どうして清掃をするようになったかって？　別の組長が言いました。「おまえら、恥ずかしくないのか。源太の事務所の前に行って清掃をせんと仁義に反する」と言いだしたのです。

いつの間にか、町は朝から挨拶と笑いで包まれていました。

組員は初めて人に「ありがとう」「ごくろうさま」と喜んでもらえて嬉しくなりました。いつの間にか清掃が楽しみになりました。清掃時間じゃなくても道路にゴミが落ちているとつい拾ってしまいます。陰徳を自然に積んでいるのですね。組長から今日は祝日だから休めと言われても組員は、自主的に清掃を始めました。

なぜかって？　そこには町のお友達もいるし、いつもの連中がおにぎりや豚汁を作って自分たちを待ってくれているのですからね。

そのうち、組員は人のためになるアイデアが、朝の清掃時のおしゃべりで湧いてきました。

「組長、ご老人たちはこんなことに困ってらっしゃる、こうしてあげたらどうだろう」

「組長、若い女性はこんなことで困ってるみたいです。こんなことをしたらどうでしょう」

それらのアイデアは全部仕事になって、気が付いたら大きな総合商社に生まれ変わっていました。

組長と組員はいまでも朝の清掃をしています。

事務所訓「ひとつ、なんびとにも大きな声であいさつをすること。
　　　　　ひとつ、ひとのために働くこと。
　　　　　ひとつ、ひとの幸せを我が喜びとすること。
　　　　　ひとつ、プライドを持って仕事に励むこと。

ひとつ、馬鹿にされたら、その人がどうか幸せになりますようにと祈ってあげること。

ひとつ、道ですれ違う人にも、幸せにいてくださいと願うこと。


この六訓を朝礼で唱えます。声が大きいので町中に響きます。

いつの間にか町中で六訓を言うようになりました。

もちろん、別の事務所も大きくなり大手商社になりました。

町中幸せでいっぱいになりました。この町でいらなくなった仕事がひとつだけあります。警察署はいらなくなりました。

組長、源太の想いは大きく膨らんでいます。

これをビジネスモデルにして世界中に教えたら世界中が幸せになるだろうと。

黄いひげじいはその様子を遠めがねで見ながら満足そうに笑っていました。

第十二話　ひげじいの基礎の口伝

第十二話

ひげじいの基礎の口伝

昔々のことじゃった。

東の果ての島にある、つるぎやまに三人のひげじいが住んでおった。

平地の人たちは「つるぎやまの三賢者」と呼んでおったそうじゃ。


黄いひげじいは、遠眼鏡を覗き込み、深いため息をひとつ、つきました。

赤ひげじいは言いました。

「いつもいつも下界を覗いてはため息ばかり。もう下界を気にするのはよさんか」

黄いひげじいは、赤ひげじいにも覗かせてやりました。

赤ひげじいは
「おやまあ……おやまあ……」

と言うばかり。

親はかわいいはずの我が子を殺《あや》め、子は家庭内暴力や引きこもり。

兄弟姉妹のことを考えず、自分のやりたい放題、尊敬される立場になるはずなのに、とんでもない暴走老人。夫婦は浮気合戦。

友達はいじめたり、いじめられたり、学校も感知せず。
国を運営するトップから下々まで言い放題、嘘放題。
わが身第一、我が国ファースト。他人の事は他人事。

知識を養うなんてばかばかしい、大事なのはゆとりです。
「個性」と言えば、人格は問われません。
社会のために働く？　自分さえよければいいのでは？
法律や規則を守って社会の秩序に従うなんて古臭い……自由気まま
が一番です。勇気をもって、国のために尽くす？　それで、戦争をして
不幸になったのだから、国家は打倒しましょう。※
そんな下界の様子やプラカートを持って声を高らかに叫んでいる人
たちが大勢います。

三人のひげじいは頭を抱えました。

ずっと抱えていたので、ひげじいのつるつる頭に当たってきらきら輝く日の光は下界には降りてこず、毎日どんよりした曇り空ばかりです。

赤ひげじいは言いました。

「そろそろ我らの基礎の口伝を伝える時が来たようじゃな」

ひげじいたちは、下界に降りて行きました。

ぱあっと後光が差し、久しぶりに天気になりました。

ひげじいの話は言い伝えられていましたが、それを知らない人たちも大勢います。

ひげじいを知っている人は、取り巻いて地べたに座り首を垂れました。

若くてひげじいを知らない連中は、「季節外れのサンタクロースか?」程度にしか思わず、ソッポを向いて相変わらず戦争ゲームをしていました。

青ひげじいさんは言いました。

第十二話
ひげじいの基礎の口伝

「皆さんや。わしらは口伝をずっと伝えてきたはずじゃて、戦後のどさくさで、忘れられてしもうた。わしらの子孫がいかに生きるべきかを発表しとったが、ちょうど戦争時期じゃったから、戦争のための洗脳口伝のように思われて今も叩かれておる。しかしな……これはもともとそうじゃないぞい。あんたがたが幸せに暮らせる基盤を口伝としたもんを子孫が書き写したもんじゃよ。包丁ももともと料理をするためのものを、武器にされたから、それはいけないものだと短絡的に思うのと同じぞい」

「よく聞きなされ。あんたがたがこうやって、元気に育ってきたのは誰のおかげじゃ？　ご両親には感謝じゃよ。子は国を成す宝もんじゃ。どうか親は愛を尽くして育てなされ。どんな子でも子は育て方次第で素晴らしい子になるぞ。兄弟がいる人は、兄弟のことを考えて、独りよがりな行動をとらずに、信じてなんでも相談し励まし合いなされ。夫婦は、縁あって結ばれたのじゃから、仲睦まじく助け合って協力し合っておくれ。不倫ごっこは一番ゲスなことじゃよ」

「学校ではお友達同士、信じ合い、学業も人柄も高め合うために存在しなさい。なにか間違ったことがあれば、ごめんなさい。考えてみますと反省して謙虚にやり直せば、いいことじゃよ。いじめは、心の鬼じゃよ。鬼に支配されては情けないのう。学校の先生はなにか不都合があったら、ちゃんと向き合わないで隠してはダメじゃな。いじめにはな、慈愛も尊重もない、わしの一番嫌いなことじゃ。見て見ぬふりをしている卑怯《ひきょう》なことも同罪じゃ。なんでも一人では生きていけんのじゃから、いつも思いやりの心を持って、皆に優しくせんとな。学業は自分の人格を高め、鍛錬《たんれん》することだから、先生や親にガミガミ言われんでも進んでやらなければあかんぞ。それは知徳を磨くということじゃよ。そうして一人前になったら、今度はみんなのために一生懸命働くのじゃよ。自分のために働くのもええけどな、それだけじゃあつまらんな。一番の幸せは自分が人の役に立っているということじゃからな」

「また、なんでもルールがある。ゲームでもルールがあるように我らの

第十二話
ひげじいの基礎の口伝

社会だってルールがある。人に迷惑を掛けないように守らなければいけないルールは守らんといかんな。ルールは倫理の一部じゃ。倫理は、その人の立場になり、自分ならどうなんだろうと考えることから始まるんじゃよ。相手のことを考えることができる力を養うには、そうじゃの、よい小説をたくさん読んで追体験の旅をすることじゃな」

「こういうことを、我ら東の日出《ひいづ》る島に口伝として未来永劫伝えていかないといけないことなんじゃ。この口伝は大事にして、その心をこの島からまた世界に発信していかないとならないんじゃよ。それが、核を持たない我々の使命なんじゃ。そのためには、もう一度、これを忘れとるようじゃから、わしらは伝授するために降りてきたんじゃよ」

いつしか、ゲームをしていた若者もひげじいの話を聞きだし、夫婦は手を取り合って聞きこんでいました。

それからしばらくして、東の日出づる島は神の国と呼ばれ世界中の模範となりました。

貿易では、あなたにとってほしいものはなんですか？どうしてあげればあなたの国民は幸せになれますか？と世界中が取引にまず相手を尊重するものだから、ちょうどいい具合に均衡のとれた貿易となり、お互いの国から搾取《さくしゅ》しようなんてこともなくなってしまいました。

※参考文献『逆にしたらよくわかる教育勅語』（倉山満著／ハート出版）

第十三話　あすかの武士道

第　十　三　話

あすかの武士道

昔々のことじゃった。

東の果ての島にある、つるぎやまに三人のひげじいが住んでおった。

平地の人たちは「つるぎやまの三賢者」と呼んでおったそうじゃ。


小学校の児童を招いたひげじいたちは、赤ひげじいの手作りごった煮をご馳走《ちそう》してやっていました。みんなハーフ、ハーフとしながら食べているかわいい姿にひげじいは至福の喜びを感じました。


「さての、みんな、このなかに嫌な思いをした子はいないかえ？」

と青ひげじいが聞き始めました。

ハイハイハイ……みんな手を挙げます。

「僕、授業中にしゃべってないのに、うるさいって先生に叱られました」

「ほう、かわいそうに。誤解じゃな。で？」

「じゃあ誰だって先生が言うから、友達だから言えませんけど僕ではないですって言うと廊下に立たされた」

「なんとまあ……なさけない先生じゃの……」

「でもお友達は、後で謝ってくれたからもういいんです」

「賢い子だな……人望が厚い人になりなさいよ」


「ほかにおらんかの？」

「はーい。僕は算数が苦手です。勉強してみましたが、結局鶴亀算が理解できなくてやめてしまいましたあ」「わたしも苦手です。でも鶴亀一杯絵を書いたらわかるようになりました。その前は一生懸命勉強したのに、成績が下がってやめたくなりました。泣きながらのリベンジでしたあ」


青ひげじいは深く頷《うなず》き聞き入っていました。

「なんで成績がさがったんじゃ？」

「う……ん、あとちょっとでできる嬉しさに、つまらない計算間違いをしてしまったのが一つ、あとは……眺めていて理解したと思った鶴

第十三話
あすかの武士道

亀算が実は理解できたと思った勘違いだったということがわかったんです」

「で、どうしたんじゃ？」

「計算間違いをしないように徹底することと、理解は自分で解いてみてできた時が理解としないといけないことがわかりました」

もうひとりの男子が「オマエ、スゲーナー。僕もやらんといかんわあ」と言いだしました。

青ひげじいは、「みんな苦労してるんじゃの。そうしたらの。この世にはそういう『不条理《ふじょうり》』という言葉があるんじゃが、それを免疫にできるようなお話しをするぞ」

「不条理とはさっき君たちが話してくれたようなことなんじゃよ。どこの世界でもあることじゃよ。それに押しつぶされないでいかに前向きに生きられるか、というのがその人の価値になっていくんじゃよ」

黄いひげじいは、『あすかの武士道』という児童書を開きました。

ひげじいはかすれた声で読み始めました。

あすかは小学三年生の女の子です。

負けず嫌いのあすかは、一年生の時から空手道場に通っていました。一生懸命に練習をしたので、どんどん強くなっていきました。

夏休みになると、太郎とけんじという双子の男の子が入部してきました。五年生なので、からだも大きくてけんかも強そうです。

ところが、二人は真面目に練習をしません。はしゃいだりさわいだりして、しょっちゅう先生や先輩にしかられているありさまです。

道場では、しめる帯の色によって級や段がわかります。太郎やけんじのような初級者は白です。あとは昇段試験により十段階の色帯を経てやっと初段の黒帯になります。級の低い人は上級者に教えてもらう立場なので、きちんとあいさつをしなくてはなりません。

太郎とけんじは、年下でも上級者であるあすかに、自分たちからあいさつをしなければいけないのがくやしくてたまりません。

だから、けいこが始まると、あすかにはけんかごしになりました。

そのたびに先生は彼らを、

「空手はけんかじゃない。ルールを守らないなら今すぐに出て行け」

と、しかりました。

第十三話
あすかの武士道

秋の大会がやってきました。

あすかは順調に勝ち抜いていきましたが、いやなことに、あのけんか大将二人組との対戦が残されていました。

向こう気の強い太郎は、「始め」の太鼓が鳴ると同時に、あすかに飛びかかっていきました。

あすかも太郎に負けまいと戦ったのですが、一本を取ることができず判定勝ちという結果に終わりました。あすかの勝ちには違いありませんが、心はあまりすっきりとしません。

はずんだ息がおさまらないうちに、今度はけんじと対戦です。けんじの方は、あすかと太郎の対戦中にからだを休ませていられたので、全く疲れていません。早くあすかをやっつけたくて、うずうずしていました。けんじに勝てば優勝が決まるので、あすかも最後の力をふりしぼって試合にのぞみました。

しかし、けんじの足技をかわすことができず、一本取られてしまいました。

白いひもを腰につけたけんじの〝わざあり〟を確認する白旗が、試合場の四隅にいる審判員からいっせいに掲げられました。

試合場内の総審判員は、その旗を指さしながら、

「一、二、三、四、白。白一本!」

と場内に響く声で伝え、けんじの右腕を上げました。けんじと太郎は、

「やったー、優勝だ、優勝だあ」

と大喜びです。その姿を見て、あすかは悔し涙があふれてきました。

〝一生懸命練習を積んできたはずなのに、どうしてけんじなんかに負けてしまったんだろう〟

先生はあすかのところへ来て言いました。

「あすか、よく頑張った。世の中には道理や理屈に合わない不条理なことがたくさんある。だがな、その不条理に打ち勝つ心の強さも必要だ」

あすかには、先生がおっしゃった言葉の意味がよくわかりませんでした。

あすかは母に、もう練習には行きたくない、空手をやめたいとだだをこねました。母はあすかの気持ちが痛いほどわかっていました。あすかを抱きしめながら言いました。

「太郎君もけんじ君もあと一年もすれば中学生になるのよ。男の子だからもっと大きく強くなってしまうわ。だけどね、負けたことが悔しくて道場をやめてしまうと、本当の負け犬になっちゃうわよ。彼らにしてみれば、してやったりよ。力で負けても心まで負けちゃあだめよ。先生は、あすかにそういうことをおっしゃったのよ。母さんも練習を見ていてあげるから行きましょう」

第十三話
あすかの武士道

あすかはしぶしぶ道場へ行きました。

太郎とけんじはあすかの顔を見るなりわざと、

「勝った、勝った」

と、小躍りしてみせました。

あすかは悔し涙を見せることも悔しくてなりません。涙がこぼれないように赤くなった目をまばたきしていると、先生がけんじのところに来て、げんこつを入れました。

「こらっ、けんじ。おまえはあすかと違って試合前に休んでいたのだから、勝って当たり前だ。女の子に勝って喜んでいるような男は、道場にはいらんっ！」

それからしばらくして、昇段試験に合格したあすかは、黒帯一歩手前の茶帯になりました。太郎とけんじは態度の悪さをいましめる意味で、帯昇段をさせてもらえませんでした。

あすかは小さいながら、先生の助手として百人の道場生の前に立って基本訓練の号令をかけたり、終了時に道場訓を唱える役目を授かりました。今までとは違い、責任を持って練習に出席しなくてはいけない立場になりました。そのおかげで、やめたい心と戦っていた日々をしだいに忘れ去ることができました。

けんか大将たちも、いつしか真面目に練習ができる少年へと育っていきました。彼らの母は、夜遅くまで働いていたので、練習を見ている暇がありませんでした。

でも、けんじが優勝してからは、毎回ほんの数分でも練習を見に来るようになりました。太郎もけんじも母が見に来てくれていることが、とても嬉しかったのでしょう。

再び大会が始まりました。

最後の対戦相手はやっぱりけんじでした。けんじは帯に白い紐、あすかは赤い紐を結んでいます。けんじは六年生になってますます大きくなっていたので、あすかは正直なところ、こわいと感じていました。

試合は引き分け延長戦になっていました。

あすかは一年生の時から山道を走って持久力を養っていたので、息の荒いけんじに比べて、まだまだ戦える呼吸法を、知らないうちに身につけていました。

二者ともに決定的な一撃が出せないまま、残り六十秒の声がかかりました。その時です。けんじは上段まわしげりという大技を、あすかに思い切りかけてきました。

客席から、ああっという大きな声が上がりました。総審判員の声が聞こえてきます。

「一、二、三、四、、赤。赤一本！」


あすかの母は、赤という声に聴き間違えたかと思い、目を開けました。

しかし、そこにはあすかの高らかに上げられた腕がありました。

あすかは上段まわしげりを横にかわして、けんじのもう一方の足をすかさず後ろから蹴ったので、けんじはバランスを崩して、あおむけにひっくりかえってしまいました。

あすかはついに少年部の優勝を飾りました。

けんじに負けてから今日の晴れ舞台まで、不条理に耐え、ともすればやめてしまいたい気持ちになるのを耐えて、自分を奮い立たせながら、淡々と練習を続けてきたあすかの心の勝利に、母は誰よりも大きな拍手を送ってやりました。

先生はあすかに言いました。

「よかったな、あすか。勝利の陰には負けた者もいることを忘れるな。君はかつての経験で、負けた者の心を思いやれる人に成長したと思う。

それが、今日の優勝カップの中身だ。さあ、行ってこい」

表彰台の横に並ぶオーケストラが、エルガー作曲の「威風堂々」を演奏し始めました。

あすかは大きく、

「押忍《おす》！」

と十字を切ると、拍手喝采とまばゆいばかりのスポットライトの中、表彰台へと歩き始めました。

黄いひげじいは、読み終えると満足そうに絵本を閉じました。

第六〇回全国青少年読書感想文課題図書『アヴェ・マリアのヴァイオリン』の主人公あすかちゃんの幼い時の話です。作者はおよその作品でテーマとなる曲を出しています。『あすかの武士道』では、最後にエルガー作曲「威風堂々」が演奏されるところがあります。「威風堂々」は二部構成の曲想で有名なのは二部のほうです。この場合も二部から演奏されて、あすかは優勝台へと歩いて行くのです。どうか聞いてみてください。その曲の裏にはどんなに辛い日々を越えてたどり着いた道かが、手に取るようにおわかりになるでしょう。この世には道理に合わない不条理なことがたくさんあります。その不条理なことに押しつぶされて自暴自棄になってしまうことは簡単なことですし、実際にはそういった人たちは数多くいます。しかし、真の勇者の価値は、その境遇をいかに克

第十三話
あすかの武士道

服していったかというところにあります。忌部族も新天地への進出にあたり、新しい農耕技術を伝授しようとしても、受け入れられずに不条理な思いをしながらも、相手に対する畏敬の念を忘れずに淡々としていると、やがて徐々に受け入れられていったことでしょう。

また、最近の格闘技の中には、テレビの視聴率を上げるためか、対戦相手を愚弄《ぐろう》、挑発する場面が映し出される場面があります。対戦相手は、「一生懸命」という土俵に立ついわば同胞です。たとえ勝つことができても負けた者の心をくみ、畏敬の念を持って厳《おごそ》かな態度が取れる者こそ、真のチャンピオンではないでしょうか。勝つことが格好いいのではなく、生き様の後ろ姿に王者の風格を感じられることこそが格好いいのです。それは勝負の土俵においてだけでなく、私たちにある、ひとりひとりの人生の土俵においても同じなのです。この物語は、思春期、そうして大人になった頃、もう一度読み直していただきたいと思います。

※この話は、日本では新しい道徳の教科書から採用もれをして、絶版に

なりましたが、海外ではもう一編「折り紙ちょうだい」と共に高い評価のもと出版されています。(この児童書は、伊丹市のブックランドフレンズで入手できます)

第十四話　ベトナム警察官が泣いた話

第十四話
ベトナム警察官が泣いた話

昔々のことじゃった。

東の果ての島にある、つるぎやまに三人のひげじいが住んでおった。

平地の人たちは「つるぎやまの三賢者」と呼んでおったそうじゃ。


数年前の話じゃった。

話は東日本大震災五日後、福島第一原発から二十五キロ離れた被災地にひとりの警察官が派遣されたんじゃ。彼は在日ベトナム人の両親を持ち、苦学して博士号まで取り、人のために働きたいと日本に帰化して警察官になったんじゃよ。

被災者に食料を配る手伝いに向かった学校で、その警察官は、寒い校舎にTシャツ短パン姿で配給の最後尾に並ぶ男の子が気になったんじゃ。長い列の最後に居た少年に夕食が渡るか心配になってその子に話しかけたんじゃよ。

少年は体育の授業中に地震と津波にあい、学校近くで仕事をしていた父親が心配して学校に駆けつけてくれたんじゃ、ところがの……

「お父さんが車ごと津波に呑まれるのを校舎の窓から見てしまった、自宅が海岸近くなので、たぶんお母さんや幼い妹弟も助かっていないと思う」

少年は、涙を拭きながら声を震わせていたんじゃ。

警官は自分の着ていたコートを少年にそっと掛けてやってな、自分の食料を少年に手渡したんじゃ。当然、少年は遠慮なく喜んで食べてくれると思っていたんだが、警官の彼が眼にしたのは、受け取った食料を配給箱に置きに行った少年の姿だったんじゃよ。

少年はこう言ったんじゃ。

「ありがとうございます、でも、僕よりもっとお腹を空かせている人がいるだろうし…」

こういう話だったんじゃ。

彼は、自分も人のことを第一に考えられる警官になりたいと、つくづく思ったそうじゃよ。

「さて、人のことを思いやれるような子はここにもおるかな……?」

子供たちは最初もじもじしながら、周りを見渡していましたが、誰かが思い切って「はーい!」と手を挙げた途端にみんなが、一斉に「はい」「はい」と　次々に手を挙げました。

赤ひげじいはそれを見て

「みんな良い子じゃ、良い子じゃ。良い子にはお汁粉を作ってあげんとな」

と腰をあげたので、みんな大喜びしましたとさ。

※（出典元　社団法人川口法人会のＨＰ【語り伝えたい感動の話】『ベトナムが泣いた、日本の少年のサムライ精神』の話を参考としました）

第十四話
ベトナム警察官が泣いた話

心細く困難に耐えている少年が他人を思いやれる自己犠牲と相互扶助の精神。ベトナム人の彼は、日本人は必ず再生進化するに違いないと思ったそうです。

彼は祖国ベトナムの友人にこの話をして、それがベトナムでニュースとなり大変な反響を呼びました。決して裕福とはいえないベトナム国民からの義援金が殺到したといいます。悲劇と苦難の下でも失われない、けなげな日本人の美徳と負けない力をひとりの少年の小さな行為から学んだことでした。

さて、ベトナムに行けばベトナムの良さがわかりますが、今では昔の日本人が忘れてしまったような実直さと勤勉さがあります。この警官も少年の姿をわかる人が見たからわかるのであって、無礼な……と思う人だっているはずです。警官もまた素晴らしい人だったと思います。そしてベトナムの方々、本当にありがとうございました。私たちは台湾の人たちの友情も絶対に忘れません。ありがとうございました。

アウシュビッツから生還できた精神科医フランクルは、『夜と霧』で言います。

「人間には二種類あります。お腹を空かせた見知らない子に自分のパンを分け与えることが出来る人と、見知らない子のパンをひったくって食べてしまう人。自分は前者であり、どんな環境下であっても人間らしくいられたことに神様に感謝している。」

第十五話　イスラムの王様

第十五話
イスラムの王様

昔々のことじゃった。
東の果ての島にある、つるぎやまに三人のひげじいが住んでおった。
平地の人たちは「つるぎやまの三賢者」と呼んでおったそうじゃ

砂漠にイスラム教の王様がいました。
彼にはたっぷりのお金がありました。
彼は世の中のために何かしたいといつも思っていました。
それは、アッラーの本当の御心でもありました。

この世には、どうしようもできないこと、自然災害、流行病、貧困で食事が充分でない人たちへの支援、王様はたくさんたくさんしたいことがあります。

「そうだ！　そんなときの緊急援助物資をいち早く届けられるシステムを作ろう。世界の国のために！」

そう思ったらいてもたってもいられずに、砂漠の真ん中に大きな大きな倉庫を作りました。自然とそこで働く人たちの雇用も生まれました。世界中の代表の人が王様の倉庫で働き始めました。みんな誇りいっぱいです。

つるぎやまのひげじいたちは、砂漠の王様に会いに行きました。

王様はひげじいたちのことをよく知っていました。

ひげじいたちにとってはひげじいの御先祖さんの兄弟の古里みたいなところですからね。

青ひげじいは王様に言いました。

「あんたこそ、宗教や国境を越えられた世界一、地球一の王様じゃよ」

王様は謙虚に言いました。

「いやいやひげじいさん。私はただ、そうしたいと思っただけですから」

赤ひげじいはいいました。

「アッラーは王様と共にいらっしゃる」

王様は言いました。

「いやいやひげじいさん。アッラーは世界の人々に平等にいらっしゃる。それに気が付いていないのだよ。悪魔がついているかアッラーがついているかはその人次第だと思うがな、いつだって悪魔は追い出せる」

黄いひげじいは泣き出しました。

「王様よ。おもしして泣いていたのに、いつのまにかこんなに素晴らしい人に成長して、じいは嬉しくてしようがない」

王様は言いました。

「ひげじいさんたちが遠めがねでちゃんと見守ってくれていたからだよ。しかしなあ、じい。わしはまだ不満なんじゃ。自然災害はしかたないが、紛争による難民支援。これがなくなれば、わしは幸せなんだが。本当に胸が痛みます」

ひげじいたちは言いました。

「本当に良い子に育ったの。世界一の良い子じゃ。紛争を無くすことは……また他の王様に考えてもらおうな」

そういって、ひげじいたちはまた東の方へと帰って行きました。

第十六話　自分を認めてもらいたい

第十六話

自分を認めてもらいたい

昔々のことじゃった。

東の果ての島にある、つるぎやまに三人のひげじいが住んでおった。

平地の人たちは「つるぎやまの三賢者」と呼んでおったそうじゃ。


黄いひげじいはいつものように朝から遠めがねを覗いて呟きました。

「わしらのひげがまだ三つ編みをしていなかったころ、緑は至る所にあったのじゃが、いまでは木よりも高いビルがにょきにょき生えている。しかしのう……なんだか働く人の元気がないことよのう。路上生活者も増えとる。どうなったんじゃ……」


赤ひげじいは芋を掘りながら言いました。

「金持ちと貧乏人の格差がひどくなってるからな。普通に働いている人の百倍もお金があると言ってもこの芋を百個一度に食えるわけでもなし、使う日々のお金にはさほどの差がないからの。お金持ちはお金が貯まっていくし、普通の人は、税金が高くなったり社会保険料の値上がりでどんどん貧乏になっていくしな。かあちゃんが働くぶん、子供はたくさん産めんしな……子供が少なければ社会保険料が増える……普通の人はどんどん貧乏になっていく」

青ひげじいも言いました。

「お金持ちは、お金で自分の都合の良い政治家を代表にさせられるからの。ますますお金持ちが優遇されるというわけじゃな……」

黄いひげじいは言いました。

「普通の人たちは、ま、そういう矛盾を勉強しようともせんしな。漫画ばっかり読んでおるからの、社会の仕組みがわかっとらんのじゃよ。そんでブーブー文句ばっかり言っておるわい」

青ひげじいは言いました。

「お金持ちにアラブの王様みたいに神様がついていてくれたらええんじゃがのう。みんながニコニコと働けるように、政治家に働いてもらわねばのう……」


黄いひげじいは言いました。

「それは違うぞ、青ひげじいさんよ。世界のお金持ちはちゃんといろんな支援を施しているんじゃよ。悪いのは一部の政治家じゃよ」


赤ひげじいも言いました。

「そうじゃな。過激派にいくやつの中には、とても能力のある連中がいる。しかしの。一生懸命勉強して生きてきたってまともな職につけんのじゃよ。必要とされてないと悲しいのじゃ。それは今の政府が悪い、自分の国を食い物にしている他の国が悪い……そんなふうに思うんじゃな。とにかくみんなニコニコ働けるようにならんとな」

第十六話

自分を認めてもらいたい

そんな話の最中に、都心で働いているひとりの男がひげじいを訪ねてきました。

「ひげじいさん。ちょっと聞いてください。私は一生懸命に働いていました。会社のために夜も遅く頑張り手柄も立てました。しかしながら、ある日突然人数が多いからと解雇されました。私はいったい会社にとってなんだったのでしょうか？」

ひげじいさんたちは、男においしいお汁粉を用意してあげました。

「ほんまに、ごくろうさんじゃったな……お前さんはよく働いて、人のためにも尽くしてくれたことをちゃんとじいたちは見ていたぞ」

そう言うと、男はボロボロと泣き始めました。

「私はきっと、誰かにその言葉を言ってもらいたかっただけだって、今気が付きました。私は後輩のために退きます。私は私であとの人生を有意義にもう一度考えてみます」

ひげじいたちはにっこりと微笑みました。

「時間は神さんからのちょっとしたプレゼントなんじゃよ、暗いトンネルの中に入ってしまっていつ抜け出せるのかわからないことでも、いつか出口は来るからの。それをじっと待てる能力こそ、大事なんじゃよ。この世の中は答えなど容易に出せることのほうが少ないからの」

それから、男は何年か後に、若い人材を適切な仕事に送ることを始めました。他の国にもそのやり方をビジネスモデルとして輸出したのです。しばらくして過激派組織は無くなっていきました。

第十七話　モグラさんの絵本

第十七話
モグラさんの絵本

昔々のことじゃった。
東の果ての島にある、つるぎやまに三人のひげじいが住んでおった。
平地の人たちは「つるぎやまの三賢者」と呼んでおったそうじゃ

つるぎやまで子供たちにオスマン帝国との友愛の話をした赤ひげじいは、まだ言い足りません。

友愛と言えばな……赤ひげじいが思い出すように言い始めたところ……。

青ひげじいは最新のフェイスブックを取り出して、
「実はな、ひげじいさんたち。この前、年末恒例の第九を歌う人たちに東の日出る島で最初に第九を演奏したことを知ってから歌うと、なお一層喜びが湧くからの……と教えてあげようとしたんじゃよ。ところがの、『これから楽しく歌おうと思ってたのに、それだけじゃあいけないのか？』ってSNSで炎上したんじゃよ。ほらな……」

ひげじいたちが青ひげじいのフェイスブックを覗き込むと、「知らないと歌ってはいけないのか！」という怒りの書き込みが沢山きていたのに、びっくりしました。

「嘆かわしいのう……なんでも楽しけりゃいいって、それだけならァホのすることっちゃ、ちゃんと指揮者が教えんとな……」

と赤ひげじいは戸惑いました。

黄いひげじいが言いました。

「いやいや赤ひげじいさんや。それは違うぞ。指揮者って言うのはある意味教授みたいなもんじゃ。第九の始まりなんかいちいち教えるのは大学で朝の挨拶の仕方を教えるのと同じじゃぞ」

青ひげじいが言いました。

「知識を得るなんてめんどくさいこと、平地のみんなはどうでもいいんじゃよ。その場が楽しければ、それでいいんじゃ」

赤ひげじいはため息交じりに言いました。

「いやいや青ひげじいさんや、それは違うぞ。そんなにアホばかりじゃないはずじゃ」

青ひげじいは言いました。

「赤ひげじいさんや。それぐらいはわかっとる。しかしな現実はこの炎上ぶりじゃよ。武器を持って平和の歌を歌うなんてこともやりかねんわな。だって、歴史も意味も解らんで歌っとるだけじゃからの」

ひげじいさんたちは頭を抱えました。

「みんな、戦争ゲームや恋愛ゲームばっかりしていたり、せいぜい読むのは自分が優位に立ちたい一心で読むビジネス書ばかり。国々は『我が国ファースト』なんて平気で公言しとるし。こんなことじゃあまた戦争の世の中に入って行くわなあ……」

そこにモグラが顔を出しました。

「じいさんや、考え過ぎじゃないかえ?」

赤ひげじいはモグラさんに言いました。

「モグラさん、それは違うのう。小さなことのように見えても、幸せも不幸もその積み重ねで知らないうちに大きくなるんじゃよ。人の話を聞いたりの、読書をするというのは、それがわかる前頭葉を鍛えているんじゃよ。今はもう若いもんまでみんなが萎縮《いしゅく》しとる。それを認知症っていうんじゃよ」

モグラは驚き小さな目を大きく見開いて言いました。

「そりゃ大変じゃや。わしら、もう二度と人間の犠牲になりたくないわい。どうするんじゃ!じいっ」

第十七話
モグラさんの絵本

ひげじいたちは腕を組みました。

「モグラさんにひとつお願いがあるんじゃ」

赤ひげじいが言いました。

「モグラさんの仲間はたくさんおるし、みんなよく本を読んで物知りじゃ。

あちこちで、モグラさんの小さな第九の始まりの絵本を人間どもに聞かせてやってほしいんじゃ。それでもまだゲームのほうがいいと聞こうとしないなら、人類はそこまでじゃよ」

モグラさんは大きな使命を与えられました。


さてさて、つるぎやまの地下で世界中のモグラが集まってモグラ会議を開きました。

「○○××★★」

「●★××○」

なかなかよい案が浮かびません。だって失敗したらまた戦争に巻き込まれて自分たちも死んじゃいますからね。みんな必死です。モグラの読む絵本なんか読んだって、人間が聞いてくれないだろう……。

いつまでたってもよい方法が出てきません。しまいに悲しくなって何十億匹ものモグラが泣き出しました。


さあ大変。

つるぎやまの地下からドドドっという地鳴りが平地にまで聞こえてきました。

平地の人は怖がりました。

「つるぎの神様がお怒りじゃ！お怒りじゃ！」

それは瞬く間に全土の噂になりました。

「おおそうじゃ」最初のモグラがいいことを思いつきました。

「世界中の人間どもが怖がっとる隙にみんな、山頂に立とう」

というなり、モグラは重なり合って大きな大きな灰色のお化けになりました。

それを見た世界中の人は、すってんころりん腰を抜かしました。


テレビゲームをしている連中も、漫画ばかり読んでいる連中も驚きのあまりそれらを放り投げてしまいました。そこへすかさずモグラはモグラ用の小さな絵本をつるぎやまから世界中に降らせました。それは第九を歌っている人たちにも届きました。争っている国々の兵士にも届きました。もちろんキリスト教の人たちにもユダヤ教の人たちにもヒンズー教の人たちにも仏教の人たちにもイスラム教の人たちにも過激派組織の人たちにも……とにかく一人残らず、モグラの絵本は神様のお土産のように手渡りました。天から降ってきたのですからね！読まなくちゃ！罰が当たったら大変。世界中の人たちはいっせいに小さな絵本を読み始めました。

第一次世界大戦のときのことです。

東の国のまた小さな島に板東収容所がありました。

敵国のドイツ兵をとらえて収容していました。

しかし、敵国とはいえ、同じ人間です。彼らは国の犠牲になって負けただけでお互いさまのことです。彼らにも同じように笑いあえる家族があるのです。

板東収容所の所長は彼らに慈愛を向け、尊重して人道的に扱うことにしました。地元の人たちは彼らからパンやハムの作り方を教えてもらったり、洋楽器の演奏法を教わったりしました。

ドイツ兵は異国の言葉を教えてもらったり、踊りを教えてもらいました。

ドイツ兵は生きがいのある生活を送りました。

知らず知らずのうちに言葉が通じなくてもお互いに友愛が芽生えました。

彼らは戦争が終結してドイツに帰るころ、この友愛にふさわしい曲、感謝を込めて演奏する曲。

そうです！　ベートーベンの第九を演奏することにしました。

男ばかりの第九合唱です。それは至難の業です。彼らは毎日徹夜で編曲をしたり、練習をしました。

努力の甲斐があって彼らは見事に演奏しました。感謝と感激で彼らの目からは大粒の涙が溢れて溢れて止まりませんでした。地元に人たちも大泣きをしながら一緒に歌いました。

ついに収容所を後に出て行くドイツ兵を、地元の人たちは教えてもらったヴァイオリンを手に「蛍の光」を演奏して見送ってあげました。

これが、小さな東の日出る島で起きた世界唯一の「平和への奇跡」

アジアでの第九初演の地だったのです。

第十七話
モグラさんの絵本

そうです。戦争なんてばかばかしいことです。お互いに尊重と友愛があれば、世界は一つになれるのです。「尊重」「友愛」言葉が難しい？要するにお互いに挨拶を交わして、褒め合えばいいのです。相手の為に何ができるかを考えて行動すればいいのです。湯船に二人で入ってこらんなさい。自分が温まろうとして自分の方に湯をこげば、脇から温かい湯は出て行きます。でも目の前の相手に「お疲れ様、いつもありがとう」と言って湯を送ってやると、温かい湯はやがて自分の胸元に返ってきますよね。

絵本にはそんなことが語られていました。

何十億匹のモグラは数分後に今度は小さな楽器を持って演奏し始め

ました。

もちろん、曲は第九です。

世界中の人たちはモグラさんの演奏に合わせて高らかに歌い始めました。

ひげじいたちは満足そうにつるぎやまの洞窟に入って行きました。淋しいことにもう二度と三人は地上に現れませんでした。ひげじいに会いたくなったら、つるぎやまに登って「ヤッホー」と叫んでごらんなさい。

※板東収容所（徳島県鳴門市）は世界記憶遺産を目指しています。

第十八話　つるぎやまの三賢者

追記編（海ゆかば）

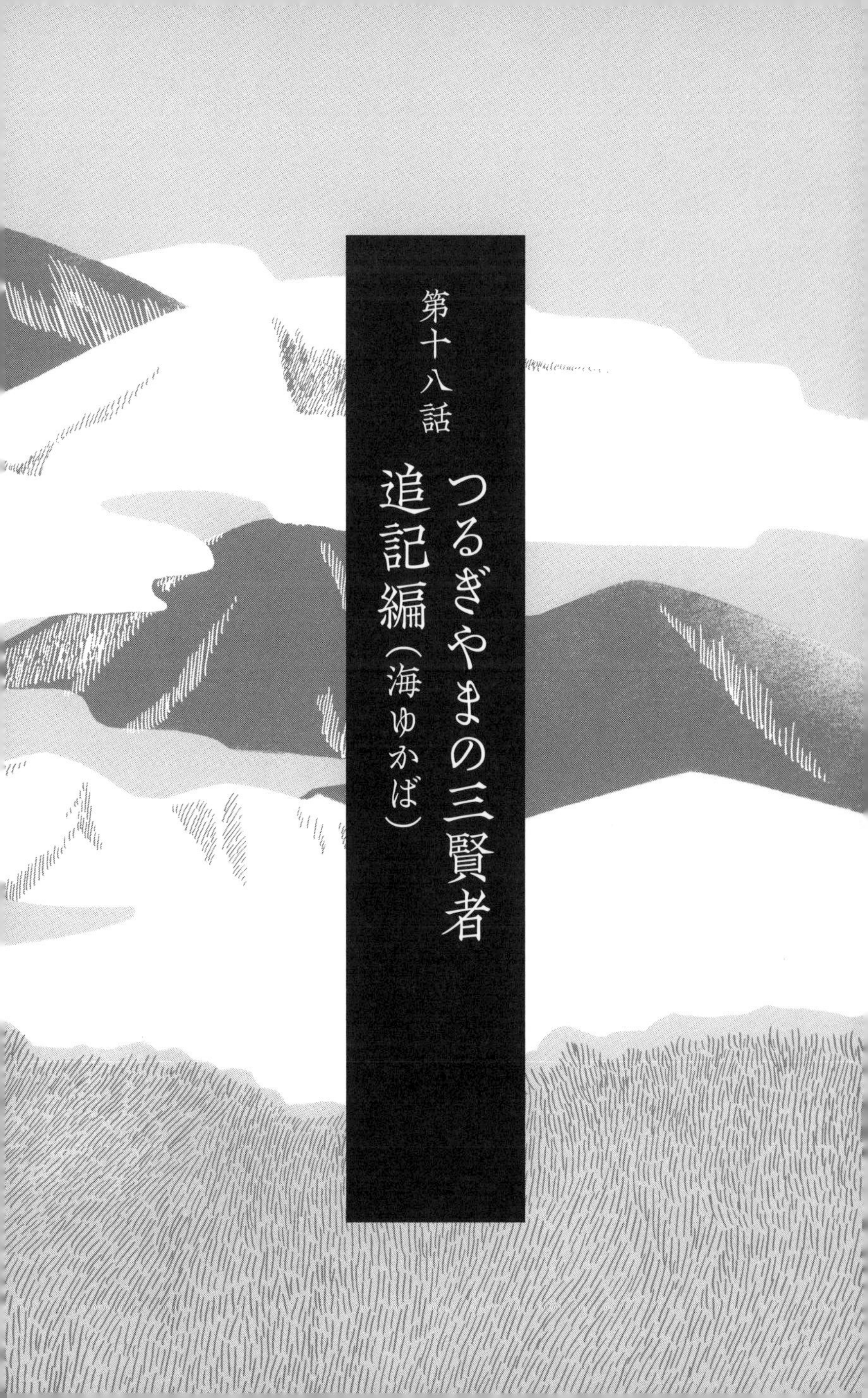

第十八話

つるぎやまの三賢者

昔々のことじゃった。
東の果ての島にある、つるぎやまに三人のひげじいが住んでおった。
平地の人たちは「つるぎやまの三賢者」と呼んでおったそうじゃ。

世界中の人々がベートーベンの第九を歌っているのを聞きながら、三人のひげじいはつるぎやまの洞窟に帰って行きました、というお話でおしまいでしたね。それからどのくらいの月日がたったでしょうか。平地の人たちはすっかりひげじいさんたちのことを忘れてしまいました。

ある日のことでした。
平地から三人のじいさんが、自衛隊の吹奏楽団を連れて、えっちらおっちらつるぎやまに登ってきました。じいさんたちは背筋は伸びていますが、かなりのよぼよぼじいさんでした。だってもう九十歳をとっくにこえていましたからね。いったいどうしたというのでしょう。若い吹奏楽団はじいさんのお尻を持ち上げたり、手を引いてあげたりして登山を助けました。

「いやいや、本当にすまんの。ありがとう」

やっとの思いで山頂に辿り着いた三人のじいさんは、吹奏楽団にお礼を言いました。

燕尾服に蝶ネクタイをしたじいさんは亮治《りょうじ》さんと友一《ともいち》さんです。ラッパを手にした信康《のぶやす》さん。

いつの間にか吹奏楽団はじいさんの後ろに整列しました。一歩前に出た信康さんはラッパを口にはさみ高らかに吹き始めました。その音色は荘厳でした。そのラッパに続いて静かにゆっくりと演奏が始まりました。そうして、亮治さんと友一さんは山頂から、遠くの下界を視野に入れ、歌いだしました。歌は「海ゆかば」です。※

海行《ゆ》かば水漬《みづ》く屍《かばね》
山行《やまゆ》かば　草生《くさむ》す屍《かばね》
大君《おおきみ》の　辺《へ》にこそ死《し》なめ
かへりみはせじ

歌い終わると、東西南北に三人は頭を深く下げました。

そうして亮治さんが言いました。

「わしらの子孫がアイデンティティーを失《うしの》うてしもうたのは、わしらのせいじゃ。魂の亡国が一番いかんことじゃよ。わしらはもうそんなに生きられん。最後にここから戦争で死んでいった世界中の御霊《みたま》に、この歌を鎮魂歌として聞いてもらうのがわしらの最後の務めじゃと思ってな。彼らがゆえに平和が宿ったんじゃ。それを忘れてはいかんし、まだまだ平和ではない国もある。くだらんいじめをする奴もおる。いかにそのことがつまらないことか、この歌を聞いて心の中で問うてもらいたい」

ラッパ吹きの信康さんは、大事そうにラッパを撫でながら言いました。

「これが、わしの最後のラッパ人生じゃ……」

吹奏楽団のひとりが聞きました。

「じいさんたちは、いったいなにに乗ってたのですか？」

友一さんは下を向いて、小さなかすれた声で言いました。

「ヤマトじゃよ……」

それを聞いた吹奏楽団は背筋を伸ばし、一斉に海軍式敬礼をしました。

そうして友一さんは最後の最後ラッパを吹きました。

吹奏楽団は少し目頭を熱くしながら再度この思いが世界中に届くようにと思いを込めて演奏を始めました。

しばらくすると、海を越えて山のまた向こうのほうからも、一緒にこの曲想をまねて「ん〜〜」で合唱を始めました。だって外人さんたちは歌詞を知りませんからね。ところが、「ん〜〜」の声々はこの曲をますます荘厳な曲想にさせました。

亮治さんも友一さんも涙を堪えながら、吹奏楽団が演奏をやめるまで何度でも何度でも歌いました。

洞窟のひげじいさんたちはというと、もちろんのこと、ちゃんと目頭を押さえながら聞いていましたよ。

※この「海ゆかば」は戦前、戦中まで日本の第二国歌でした。どの国にも第二国歌はあります。みなさんのよくご存じなエルガー作曲の「威風堂々」はイギリスの第二国歌です。「海ゆかば」は奈良時代

第十八話

つるぎやまの三賢者

の歌人、大伴家持《おおとものやかもち》の長歌の一部です。彼の歌は百人一首でもおなじみ「かささぎの　わたせる橋におくしもの　白きを見れば　夜ぞふけにける」です。のちにキリスト牧師の吉岡家に生まれた信時《のぶとき》（養子名）潔《きよし》さんが明治になり作曲したものです。

　この曲は完璧なほど美しく荘厳で自然と涙が出て、自分の愚かしさを浄化してくれるようだと世界的に絶賛を集めていますが、当の日本人はもはやこの曲を知らないのです。軍歌に用いられたこと、「大君の辺にこそ死なめ」のところで、天皇のために多くの若者が死んでいったということを肯定美化するための歌であるということで、むしろ自然と封印されてきました。しかし「威風堂々」も神の名のもと、領地を広げるといった植民地支配のような歌ですが、それでも大英帝国の誇りとして、音楽祭プロムスで世界の人の参加を交えて、とんでもない数の人たちが合奏団に合わせて、それぞれの国の旗を振りながら大合唱しているのです。

「海ゆかば」はパラオの人たちでさえ知っていて歌えるのに、私たち日本人の中には聞いたこともない人が大勢います。この歌は世界の人たちにとっての鎮魂歌となり自分の普段なす愚かな行為を顧《かえり》みるために、いつしか封印が解けて、誰もが歌える第二国歌として歌うことができればいいなと思っています。

あとがき

新型コロナ渦中に書いています。

　私たちの生活も命の安全もこれからの人生設計だって、突然に奪われてしまいました。新しい戦争の形の一つのような気もします。武漢から流れ出た新型コロナウイルスは地球上の人という人を満遍なく覆い尽くしています。生物兵器となりうるウイルスはこれほどまでに怖いものかと思い知らされました。本当に中国政府が生物兵器として武漢で研究していたものなのかどうかは、いまはまだ陰謀論の域でしかないので、詳しいことはわかりませんが、何にせよこういう世界になってしまうということが、地球を挙げて実験されてしまったということに変わりはありません。

　そうしてつるぎやまのひげじいたちが一番気にかけているだろうこと

は、「人の心の崩壊」です。文中にも書きましたが、アウシュビッツ捕虜収容所から生還した精神科医ヴィクトール・フランクルが言った「どんな環境下においても（善意な）人間としていられたことを神様に感謝する」という言葉を思い出します。

匿名性のツイッターというSNSで風評被害とか度を超す個人攻撃が非常に問題になっています。心の卑しい人独特の、もともと持ち合わせている牙をどこかへ向けたがったのでしょう。する人はする、しない人はしないのですが一部のする人の犠牲にどれほどの人が嫌な目にあったことでしょう。そういった人は一定数どの町にも存在しています。我が町はお接待の街です。お接待とはいったいなんのためにしているのでしょうか？一時しのぎの親切はできても、思いやりのないことは、善意を施すという本当の意味でのお接待の心とは、似ても似つかない恥じるべき行為です。

ウイルスと日々闘い患者様を助ける医療スタッフに拍手を送ってくださる一方で医療スタッフの子供は預からない、医療スタッフはタクシーに乗せないという差別を受けます。いったいこの差はなんでしょうか？拍手してくださっている方が差別しているわけではないのでしょうけれど、あまりにも偽善的ではないでしょうか？恐怖は人の心まで崩壊させてしまいます。が、それはもともとフランクル先生のおっしゃるように、人間には二通りがあり、どんな環境下でも死ぬ直前まで善意で生きていられる人と、平常は善意であっても、特別劣悪な環境下では人を傷つけてまでも自己本位な行動を平気でする人です。普段は秩序の中で暮らしていますので、そういった人も善意な人とともに静かに生きていますが、世の中が乱れたり、特に匿名性のＳＮＳでは無秩序な自然社会と同じであると経済学博士がおっしゃっていました。自然社会とは容易に戦争状態になりうる未熟な社会ということです。そのようなときには、本来善意を持ち合わせている人とそうでない人の差がでてくるのでしょう。

いま世界中の街角でくりひろげられる人の善悪をひげじいたちはじっとつるぎやまの山頂から見定めていることでしょう。さて、それからひげじいたちは、私たちにどのような教訓を与えてくださるのでしょうか？悲しい思いをした人たちには、恨みがいつしか消えるように周囲の人が思いやりの手を差しのべなくてはならないだろうし、ひどいことをした人は、自分の弱さをよく顧みて、心を磨く努力をしてもらいたいものだと願います。そうして悲しい思いをしてしまった人も、自分の弱さで人を傷つけてしまった人も、いつかつるぎやまに登ってみてください。自然とはなんと雄大なものなのか、太陽の光はなんて平等に照らしているのだろうか、ベートーベンの「悲愴」モーツアルトの「ピアノ協奏曲二十一番二楽章、クラリネット協奏曲イ長調K六二二、二楽章」、シューベルト、ショパン、チャイコフスキー等々音楽は、こんなにも美しいのになぜ人間のすることは、こんなにも卑しくてちっぽけでくだらないことばかりしているのだろうと自分を顧みてください。つるぎやまには三賢者ひげじいさんたちの小屋がまた建っているかもしれませんね。

医師の私が突然小説家になったわけ

　子育て期間、特に幼児期の教育を考えるのが趣味になっていました。なぜかというと共働きの中での子育ては非常に難しく、いかに効率よく子供と向き合い知育、徳育、体育を養ってやれるかということは、専業主婦に育てられた私にとっての大きな課題になっていたからです。試行錯誤のノウハウが少し実を結びかけていた頃の事、ゆとり教育が始まるのをきっかけに、明治図書出版社の教員向け月刊誌に教育法連載を長期にわたり頼まれたのが文筆業の始まりでした。

　この教育法は大変好評でいつしか一般主婦でさえも買ってくださるようになって、挙げ句には私の連載のみコピーされて市中に有料で出回るといった好ましくないことまで起きました。著作権や出版社の立場がありますからどうかしないでくださいね。

そのうちに読者様から何か物語を書いてほしいという要望がたくさん届くようになりました。

豚もおだてりゃ木に登るで、「ただいま夢診察室は大繁盛」というエッセイを書いてみました。夢の叶え方を書いている本は多数ありますが、そもそも生涯をかけて叶えたいほどの夢を持っている人などほとんどいないことに気がつきました。日々の生活に追われてしまって夢を考えるゆとりもないのかもしれませんが、夢の持ち方を知らない人が多いのです。なんでも出版社は引き取ってくれると思ってましたが、そうは問屋が卸しません。企画出版という体裁の良い自費出版でしか出版できないことがわかりましたが、これを出版することによってどんなに多くの人が救えるだろうと思いました。

案の定ベストセラーに躍り上がり、一人何十冊と買ってくださる人が多くいらっしゃったようです。重版を何度しても結局は出版継続にお金がいることばかりで売れても大赤字です。そのうち出版社自体が倒産になり買えなくなりましたが、お求めされたい方は伊丹市のブックランドフレンズ（伊丹市伊丹二丁目五の十、電話072−777−1200）に在庫があると思われます。

さて、どなたかの夢を持って頂けるお手伝いもでき、なにより不登校の子どもたちの助けにもなったようで喜んでいました。今度は娘のオールドバイオリンを眺めていた時に、ふっと映画のようにバイオリンの来歴が降ってまいりました。それを毎日書き留めて行ってきたものが『アヴェ・マリアのヴァイオリン』です。

これも最初はどこの出版社も引き取ってもらえず新人賞の応募も日が合わなかったり、枚数が合わなかったりで提出ができず、いたしかたなく『アヴェ・マリアと梵天《ぼんてん》の子供達』というタイトルで自費出版に踏み切る以外にありませんでした。

その出版社も倒産し再び別の出版社で『ザ・ヴァイオリン』とタイトルを変更して再出版する等かなりの資金投入でこの内容をこの世に繋ぎ

とめていました。有名な地元のラジオパーソナリティに宣伝をお願いしようとお菓子と一緒に本を持って挨拶に行っても、お菓子だけ取り上げられて本は目の前でゴミ箱に捨てられるという、ひどい目にあったりもしました。涙をこらえながらゴミ箱から拾い、一礼をするとラジオ局から飛び出しました。

この内容は絶対に大切なことだと思っていた私は、なにくそと思いました。その後の詳細は『日本からあわストーリーが始まります』に書いておりますのでご覧ください。

大手出版社、角川書店に拾い上げられるという奇跡が起きて、その後本格的に作家として活動できるようになっていったというわけです。角川仕様となった『アヴェ・マリアのヴァイオリン』はその後私に面白い数奇な運命をたくさん運んでくれました。今もその進化途中にあります。

その進化でできたのが『日本からあわストーリーが始まります』です。これも大ヒット作品になり、読者の方からのご希望で生まれたのが、この本『つるぎやまの三賢者』です。

ありがたいことに拙著でも今のところヒットしなかった作品は何一つとしてありません。それが小さな自負です。ただ、商業出版というものがいかに難しいかということがわかりました。コネクションを頼りに私から出版社を紹介してもらいたいという方が、大切な原稿を持って訪ねていらっしゃることがたまにございますが、自分でも毎回毎回このような調子ですので、とてもできることではないのです。私から見ればよく分からない芥川賞作品だと思っても、電通仕掛けなのでもてはやされ、好きじゃない村上春樹の作品もてはやされ、私には今でもよく分からないのが出版の世界です。

『つるぎやまの三賢者』は大人向きであり、子供でも読めるような絵本ぽいもので、さてどういったジャンルにはめることができるのかさえわからないものですが、忌部の口伝を伝授された私としては放っておくわけにもいかず、これが私に与えられた使命のひとつにもなるのかもしれないと書き綴りました。

なにか今の社会に必要だと思って書かされたものだと思います。ひとりでも多くの人に読んで頂き、今度は本をお読みにならない人にもご紹介いただければありがたく存じます。

著者
香川宜子（かがわ・よしこ）
徳島市生まれ
内科医師、小説家

著書
・『アヴェ・マリアのヴァイオリン』（角川書店）
第六十回全国青少年読書感想文 課題図書（高校、シニアの部）
全国インターナショナルスクール さくら金メダル賞受賞
海外出版
・『日本からあわストーリーが始まります』（ヒカルランド）
・『牛飼い小僧・周助の決断～君はこの世を変えられるか～』
（Amazon オンデマンド）アマゾン週間売り上げ一位
・その他、『ただいま夢診察室は大繁盛』『あすかの武士道・折り紙ちょうだい』（新風社）
・「教育ツーウエイ、教室ツーウエイ」（明治図書出版連載）
・「シュネラー」（ファルコバイオシステム医学雑誌連載）

甦る忌部《いんべ》の口伝

つるぎやまの三賢者

二〇二〇年十一月三〇日　第一刷

著者　香川宣子

発行人　石井健資

発行所　株式会社ヒカルランド
〒一六二-〇八二一　東京都新宿区津久戸町三-十一　TH1ビル6階
電話〇三-六二六五-〇八五二　ファックス〇三-六二六五-〇八五三
http://www.hikaruland.co.jp info@hikaruland.co.jp

振替　00180-8-496587

印刷・製本所　中央精版印刷株式会社

編集担当　棚谷俊文

ISBN978-4-86471-944-5

ヒカルランドチャンネル開設！
あの人気セミナーが自宅で見られる

ヒカルランドの人気セミナーが動画で配信されるようになりました！　視聴方法はとっても簡単！　動画をご購入後、ヒカルランドパークから送られたメールの URL から vimeo（ヴィメオ）にアクセスしたら、メールに記されたパスワードを入力するだけ。ご購入された動画はいつでもお楽しみいただけます！

特別なアプリのダウンロードや登録は不要！
ご購入後パスワードが届いたらすぐに動画をご覧になれます

動画の視聴方法

①ヒカルランドパークから届いたメールに記載された URL をタップ（クリック）すると vimeo のサイトに移行します。

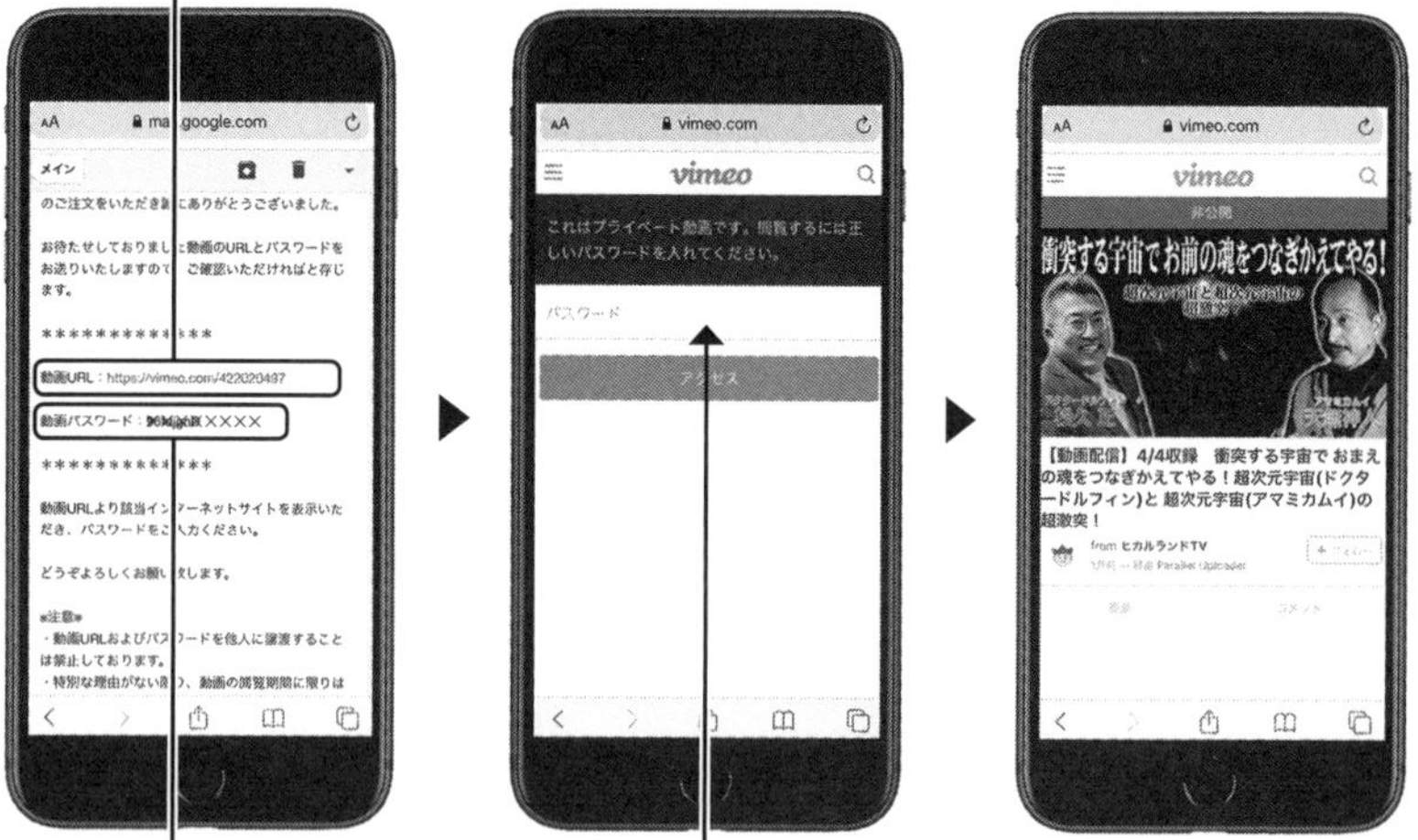

②メールに記載されたパスワードを入力して「アクセス（送信）」をタップ（クリック）します。

③すぐに動画を視聴できます。

動画配信の詳細はヒカルランドパーク「動画配信専用ページ」まで！
URL：http://hikarulandpark.jp/shopbrand/ct363

【動画配信についてのお問い合わせ】
メール：info@hikarulandpark.jp　　電話：03-5225-2671

ソマチッドにフォーカスした唯一無二のアイテム
コンディション&パフォーマンスアップに

勢能幸太郎氏

ソマチッドをテーマにした書籍を多数出版し、いち早く注目してきたヒカルランドに衝撃が走ったのは2020年のこと。そのソマチッドが前例のないレベルで大量かつ活発な状態で含有したアイテムが続々と登場したのです！　開発者は独自理論による施術が話題のセラピスト・施術家の勢能幸太郎氏。勢能氏は長年の研究の末、膨大なソマチッド含有量を誇る鉱石との出会いを果たし、奇想天外な商品を次々と生み出しました。ソマチッドとは私たちの血液の中に無数に存在するナノサイズの超微小生命体。数を増やし活性化させるほど、恒常性維持機能や免疫系、エネルギー産生などに働き、健やかで元気な状態へと導いてくれます。他ではまねできない勢能氏のアイテムを活用して、生命の根幹であるソマチッドにエネルギーを与え、毎日のパフォーマンスをアップしていきましょう！

ソマチッドを蘇生させ潤いのあるお肌へ

CBD エナジークリーム

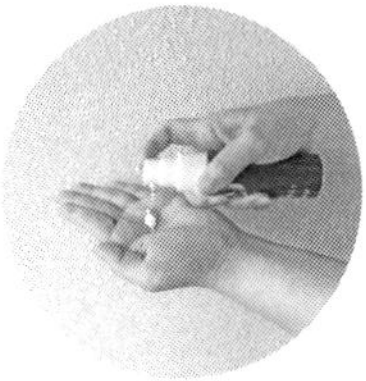

■ 33,000円（税込）
●内容量：30㎖
●成分：水、BG、パルミチン酸エチルヘキシル、トリ（カプリル／カプリン酸）グリセリル、グリセリン、火成岩、ミネラルオイル、オリーブ油、ベヘニルアルコール、ホホバ種子油、スクワラン、ペンチレングリコール、ステアリン酸ソルビタン、白金、カンナビジオール、シリカ、冬虫夏草エキス、アラントイン、ポリソルベート60、カルボマー、水酸化K、フェノキシエタノール、デヒドロ酢酸Na、メチルパラベン
●使用方法：適量を手に取り、トリガーポイントや不調・疲労を感じているところなどになじませてください。

勢能氏が最初に開発したソマチッドクリームには、ホメオスタシスの機能を高める麻成分 CBD ほか、たくさんの有効成分を配合。クリーム内のソマチッドと体内のソマチッドが共振共鳴し合い、経絡を伝わって体全体を活性化します。

◎新時代の宇宙アートを照らし出すLEDライト

フラクタルが織りなす宇宙アートを、より楽しんでいただくために、ベーシックなサイズの「フォトニックフラクタルImagine《イマジン》」には回転型LEDライトを、大型の「MEGA《メガ》フォトニックフラクタルGALAXY《ギャラクシー》」には固定型LEDライトをセットしました。LEDの光は6色に変化し、フラクタルに眩い輝きをもたらします。お部屋を暗くして、その神々しい光のシャワーを浴びれば、より一層深いヒーリング効果が期待できます。

崇高な光がお部屋を照らし出す

使用方法（一例）

- ◆ 身体にあてて不調な部分をヒーリング
- ◆ 置いておくだけで電磁波を封じ込め、ピュアなエネルギーに変換
- ◆ 気になるチャクラの浄化や活性化に
- ◆ 瞑想やワークのサポートに
- ◆ 隣に置いた飲み物に波動が加わっておいしく変化

フォトニックフラクタル Imagine《イマジン》

ベーシックサイズ

■ 19,800円（税込・回転式LEDライト〈台座〉&アダプタープレゼント）
●素材：高純度硬質クリスタル・ガラス製
●サイズ：約50㎜×50㎜×50㎜
●重量：約300ｇ
※LEDライトは特典品のため、故障メンテナンスは受け付けておりませんのであらかじめご了承ください。初期不良（到着時に点灯、回転しない）は、交換させていただきます。

回転式LEDライトとUSBアダプターをプレゼント!!

【お問い合わせ先】ヒカルランドパーク

＊ご案内の価格、その他情報は発行日時点のものとなります。

本といっしょに楽しむ ハピハピ♥ Goods&Life ヒカルランド

光のシャワーで空間も意識もクリアーに!
宇宙の叡智と繋がり、お部屋を聖域にするキューブ

フォトニックフラクタル
Imagine

◎浄化&覚醒に活用できるヒーリングアイテム

お部屋に置いたり携帯するだけで、必要ないエネルギーのノイズを浄化し、空間もその場にいる人の思考もクリアーになる。このクリスタルガラスにはそんな不思議なエネルギーが秘められています。その秘密はフォトニックフラクタルと呼ばれるガラスの中に閉じ込めた幾何学的な立体構造にあります。

◎フラクタル構造が放つエネルギーと「9」の力

「フラクタル」とは、小さな一部分をとっても、それが全体と似ている成り立ちをしているという意味であり、「フラクタル構造」とは、どんなに小さな一部分を拡大しても、全体と同じ構造が現れる雪の結晶のような構造を指します。

「フォトニックフラクタル」は、この構造を用いたことで、本来同じ場所にとどめておくことが難しいとされる、光と電磁波を閉じこめることに成功しました。

また、この構造には宇宙の原理の縮図を示すと言われる、曼荼羅からもヒントを得ました。なかでも、空海によって伝承されてきた金剛界曼荼羅（別名：九《く》会《え》曼荼羅）は、「9つ」のグリッド枠から成り立っていますが、この「9」という数字は宇宙全体の完結を表すと言われています。「フォトニックフラクタル」にも、この「9」の力を込めました。

「9つ」の穴あきの立方体の真ん中に、フラクタル構造によって閉じ込められた光と電磁波が、純粋かつ圧倒的なエネルギーを放つ「本質の光」として、見ている人の意識をピュアな状態へと導き、凛とした空気を周辺に放射していきます。

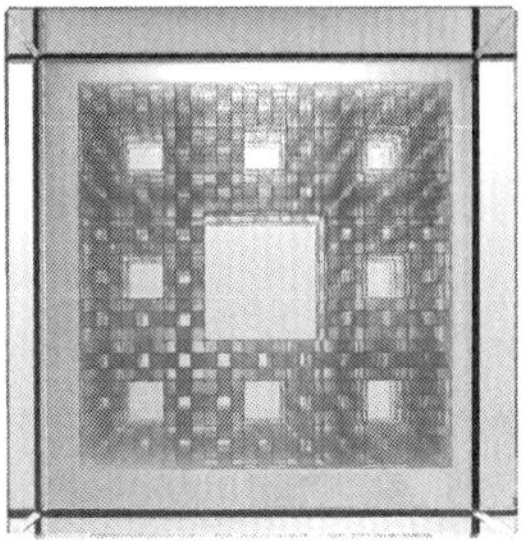

ガラスの中に表現されたフラクタル構造

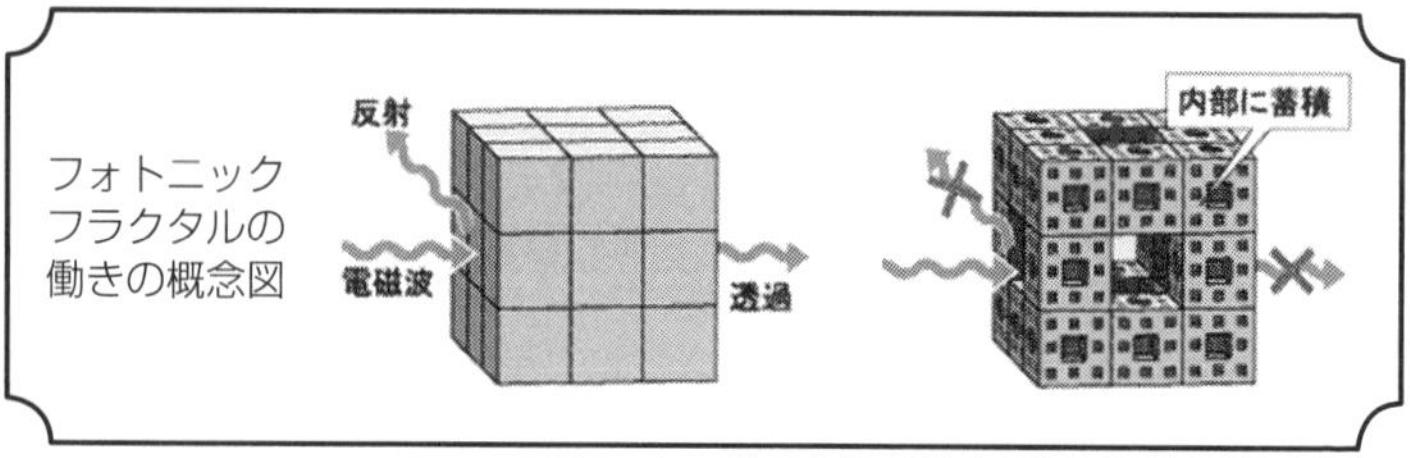

MEGA《メガ》フォトニックフラクタル GALAXY《ギャラクシー》

メガサイズ

【調整波及範囲】
一般家屋一軒分目安

■ 110,000円（税込・固定型LEDライト〈台座〉、アダプター付）

●素材：高純度硬質クリスタル・ガラス製
●サイズ：約100㎜×100㎜×100㎜
●重量：約2300g
※ LEDライトは故障メンテナンスは受け付けておりませんのであらかじめご了承ください。初期不良（到着時に点灯しない）は、交換させていただきます。

フォトニックフラクタル harmony《ハーモニー》

ミニサイズ

【調整波及範囲】
人ひとり分

■ 8,800円（税込）

●素材：高純度硬質クリスタル・ガラス製
●サイズ：約15㎜×15㎜×15㎜
●重量：約20g
●特典：リネンポーチ、両面テープ（分電盤、家電製品の電源などに貼付する際に利用）
※強力な接着を求める場合は業務用テープおよび接着剤をお買い求めください）

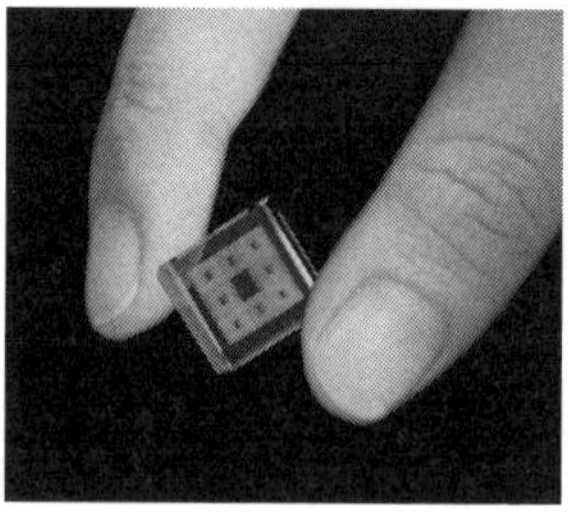